INKA LOREEN MINDEN

Gabriel

Beast Lovers 2

AF130126

prickelnd-romantische Novelle

Bibliografische Information der Deutschen Nationalbibliothek
Die Deutsche Nationalbibliothek verzeichnet diese Publikation in der
Deutschen Nationalbibliografie; detaillierte bibliografische Daten sind im
Internet über
http://dnb.d-nb.de abrufbar.

Gabriel

- Romance -

©opyright Inka Loreen Minden 2015
www.inka-loreen-minden.de
Monika Dennerlein

E-Mail: lucy-palmer@inka-loreen-minden.de

All rights reserved
Copyrighted Material

Deutsche Erstausgabe Juli 2015

CoverArt Front: © Lukas Mühlbauer
Mond: kwest – fotolia.com
Lektorat: Leonie Kindermann
Herstellung und Verlag: BoD – Books on Demand, Norderstedt
ISBN-13: 978-3-7386-1589-0

Alle Rechte vorbehalten. Ein Nachdruck oder eine andere
Verwertung ist nur mit schriftlicher Genehmigung der Autorin
gestattet.

»Hast du dir unseren neuen Nachbarn schon mal genauer ange-sehen, Beth?«, fragt mich Nate beim Frühstücken.

»Nur oberflächlich. Soll ich ihm mal auf den Zahn fühlen?«

Seufzend streicht er sich eine schwarze Haarsträhne hinters Ohr. »Wäre mir sehr recht. Irgendwas stimmt mit dem Kerl nicht.«

Ein Teil des Porter-Rudels versammelt sich jeden Morgen im Gemeinschaftsraum der Farm am großen Tisch, um zusammen den Tag zu beginnen. Nate, unser Alpha, befindet sich mit seiner Gefährtin Hazel am Kopf der Tafel, sein Bruder Zac und dessen Frau Cassy sitzen neben ihm. Außerdem sind noch die Zwillinge Tia und Tara anwesend. Wir alle leben auf der Porter-Farm, der Rest des Rudels hat eigene Häuser oder Wohnungen. Da ich immer noch ungebunden bin, bleibe ich gerne hier. Ich bin nie einsam, und mein kleines Zimmer reicht mir als Unterkunft vollkommen aus.

»Ich war erst gestern wieder in der Nähe seines Grundstücks«, sagt Zac und lehnt sich im Stuhl zurück, um einen Arm um Cassy zu legen. Sie ist im siebten Monat schwanger, und er kümmert sich aufopferungsvoll um sie, obwohl sie sich blendend fühlt. »Man riecht den Kerl nicht, als ob er keinen Körpergeruch hätte. Das allein finde ich schon verdächtig.«

Nate stimmt brummend zu, während er sich eine Gabel mit Speck in den Mund schiebt.

»Und was arbeitet der Süße überhaupt?« Interessiert beugt sich Tia vor, wobei sie sich eine schwarze Strähne ihres langen Haares um den Finger wickelt. »Er muss doch in Geld schwimmen, wenn er sich solch einen Palast in dieser kurzen Zeit hinstellen konnte.«

Tara, die ihrer Zwillingsschwester bis auf eine Narbe an der Augenbraue gleicht, nickt.

Nachdenklich kaue ich an meinem Toast. Natürlich habe ich Monsieur Gabriel Montabon längst überprüft – Sozialversicherung, Führerschein –, für mich als Polizistin ist das kein Problem. Doch der Dienstcomputer hat nicht viel ausgespuckt. Gabriel ist achtundzwanzig, also genauso alt wie ich, kommt aus Paris und hat offenbar eine blütenweiße Weste.

Als Palast würde ich sein zweistöckiges Haus nicht bezeichnen, aber der massive, hellblau gestrichene Ziegelbau mit den süßen Erkerfenstern wirkt neben den anderen Holzhäusern der Gegend ziemlich pompös. »Okay, ich fahre heute mit dem Streifenwagen zu ihm raus und werde mich ein wenig mit ihm unterhalten.« In der Stadt lässt sich der Mann kaum blicken, wie ich dem Gerede der Leute entnommen habe. Ab und zu kauft er etwas in Mr. Wesdons Laden, doch seine Lebensmittel bezieht er offenbar im Supermarkt der nächstgrößeren Ortschaft, in der auch unsere Teens zur Schule gehen. Dabei hat Mr. Wesdon fast alles vorrätig. Warum also nimmt er die vielen Meilen Umweg in Kauf?

Bei Monsieur Montabons Verhalten bekommt man tatsächlich das Gefühl, er habe etwas zu verbergen. Oder er hat einfach keine Lust, sich in unsere kleine Gemeinde zu integrieren.

***

Ich öffne an meinem alten Dienstwagen die Fenster, um Waldluft hereinzulassen, und genieße den wunderschönen Junitag. Um zehn Uhr ist es draußen schon so warm und feucht, dass ich unter meiner Uniform leicht schwitze. Sie ist das Einzige, was ich an meinem Job gerade im Sommer nicht ausstehen kann. Doch lieber ist mir ein wenig heiß, als dass ich den Gestank des Kühlmittels der Klimaanlage inhalieren muss. Ein normaler Mensch würde wahrscheinlich nichts riechen, aber unsere Wandlernäschen sind eben besonders sensibel – und das bringt mir bei meinem Job viele Vorteile. Trotzdem freue ich mich jetzt schon darauf, nach Schichtende meine Wölfin herauszulassen und mit anderen Rudelmitgliedern durch den Wald zu laufen, um Natur pur zu genießen.

Gemütlich lasse ich den Ford über den Kiesweg rollen und

lausche dem Knirschen der Reifen und dem Singen der Waldvögel. Ich bin auf dem Weg zu Gabriel Montabon, der das Grundstück von Hazels verstorbener Mutter gekauft hat. Es liegt etwas abseits und gut versteckt zwischen alten Bäumen mitten im Wald. Nur diese schmale Straße führt dorthin.

Als plötzlich schwarzer Lack vor mir im Sonnenlicht aufblitzt, drücke ich auf die Bremse und bleibe stehen. Ein Wagen kommt mir entgegen, und ich weiß sofort, wem der Escalade mit den verdunkelten Scheiben gehört: Monsieur Montabon.

Er hält ebenfalls und stellt den Motor ab, da ein Vorbeikommen an dieser Stelle nicht möglich ist, und ich steige aus. Nun gut, dann wollen wir dem Herrn mal auf den Zahn fühlen, genau wie ich es Nate versprochen habe.

Das Seitenfenster des SUV befindet sich auf meiner Kopfhöhe, und als es Monsieur Montabon herunterlässt, grinst er mir entgegen. »Bin ich zu schnell gefahren, Officer?«

»Äh … nein.« Alle zurechtgelegten Worte sind vergessen, als ich seine leicht raue Stimme mit dem sexy, französischen Akzent höre, der perfekt zu seinem attraktiven Äußeren passt. Ich habe Gabriel zwar schon ab und zu aus der Ferne gemustert, ihn aber jetzt so nah vor mir zu haben und mit ihm zu reden, zieht mir glatt die Beine weg.

Er trägt eine stark getönte Sonnenbrille, sodass die Gläser seine Augen verbergen, deshalb richtet sich meine Aufmerksamkeit auf sein markantes, männliches Gesicht mit den hohen Wangenknochen, den perfekt geschwungenen Lippen, der geraden Nase, den hellen Zähnen und den kurzen schwarzen Haaren.

Zum Glück bin ich groß genug, dass ich auch einen Kontrollblick in den Innenraum werfen kann, doch ich entdecke nichts Ungewöhnliches. Der Wagen riecht neu und ist relativ sauber, und wegen der verdunkelten Scheiben kann ich leider keine Feinheiten wahrnehmen, was auch zusätzlich an meiner Sonnenbrille liegt. Wandleraugen sind empfindlich. Dafür kann ich Gabriel umso besser erkennen. Seine langen Beine stecken in Jeans, und trotz Hitze trägt er einen dünnen dunkelgrauen Pullover. Der Stoff spannt sich über seinen schlanken Körper und die sanften Wölbungen der Muskeln. Was für eine Sahneschnitte.

Ich muss mich zuerst räuspern, um einen weiteren Ton hervorzubringen. »Ich wollte nur mal vorbeikommen, um zu fragen, ob bei Ihnen alles in Ordnung ist«, sage ich und bemühe mich um ein Lächeln. Der Mann bringt mich völlig aus dem Gleichgewicht. »Sie wohnen ja doch etwas abgelegen.«

»Alles bestens, Officer.« Als sein Grinsen noch breiter wird, bilden sich Grübchen in seinen Wangen. Waren die vorher auch schon da?

»Nennen Sie mich Beth«, antworte ich atemlos. Liegt wohl nicht nur an der Hitze, dass mir plötzlich sehr, sehr heiß ist. »In unserer kleinen Stadt rücken wir alle etwas enger zusammen. Sie werden sicher bald jeden hier kennen.« ... *und ich würde dich gerne besser kennenlernen, obwohl ich das Gefühl habe, dich schon ewig zu kennen. Verrückt.*

Schnell richte ich mein Augenmerk wieder auf den düsteren Innenraum, um seiner Anziehungskraft zu entkommen. Was ist denn nur los mit mir?

»Gabriel«, sagt er und streckt mir die Hand entgegen. Als ich sie ergreife, durchfahren mich bei seinem kühlen, aber festen Händedruck wohlige Schauder. Er hat lange, schlanke Finger, die leicht behaart sind, und er trägt keinen Ring.

Mein Herz klopft schneller. Ob er single ist?

Hastig zieht er die Hand zurück, als hätte er sich an mir verbrannt, und ich mustere ihn erneut. Hazels Makler hat ihn als jung und unheimlich beschrieben, ich finde ihn einfach nur anbetungswürdig. Er hat nichts Unheimliches an sich, höchstens etwas Geheimnisvolles.

Verdammt, Beth, mach deinen Job!

»Was treibt Sie eigentlich in diese verlassene Gegend?«, frage ich möglichst entspannt. »Ich meine ... Norwich und Paris? Da hätten sie ja gleich auf den Mond ziehen können.«

»Ich bin Schriftsteller und wollte ein stilles Plätzchen zum

Schreiben. In Frankreich wurde es mir zu hektisch, da habe ich mir was Neues gesucht.«

Dieser verdammte, sexy Akzent macht mich total wuschig!

Ich versuche, ruhig zu bleiben und mich auf meine Aufgabe zu konzentrieren. »Haben Sie keine Familie oder Freunde, die Sie vermissen?«

Gabriel fährt sich durchs Haar und beugt sich ein Stück zu mir, dann senkt er die Stimme, als würde er mir ein Geheimnis anvertrauen. »Wir Autoren sind einsame Menschen, Beth. Wir verkriechen uns den ganzen Tag und die halbe Nacht hinter unseren Computer und schreiben.«

So ein gut aussehender Mann wie Gabriel wäre nicht lange allein, wenn er sich unter Menschen mischen würde.

Erneut räuspere ich mich, während ich meine Hände in die Hüften stütze, damit sie mir nicht im Weg umgehen. Der Mann macht mich wirklich nervös. Liegt wohl daran, dass ich zu lange keinen Sex mehr hatte. Außer in meinen Träumen. Seit Jahren sucht mich ein Unbekannter mit blassblauen Augen auf, um mich nach allen Regeln der Kunst zu befriedigen. »Und das Geschäft läuft gut?« Immerhin kann er sich solch ein Haus und diesen Wagen leisten.

»Ja, ich verdiene sehr gut mit dem Schreiben.«

Gabriel und Schriftsteller? Warum glaube ich, dass dieser Job nicht zu ihm passt? Er wirkt auf mich eher wie ein Millionär. Ein Playboy-Millionär, wenn ich sein verruchtes Lächeln richtig deute.

Hat er Geld geerbt? Gehört er zur Marke: Sohn, Sponsored by Daddy?

Soll niemand wissen, wie reich er ist, damit ihn keiner ausraubt? Oder hat er Dreck am Stecken? Warum sonst hat er mehrere tausend Meilen zwischen sich und seinem alten Leben in Paris gebracht und sich ausgerechnet in Norwich niedergelassen?

Seltsamerweise entdecke ich keine Anzeichen, dass er mich anlügt. Er schwitzt nicht, wirkt nicht übermäßig nervös und seine Hände zittern nicht. Sie liegen fast ununterbrochen auf dem

Lenkrad – was auch deshalb sein könnte, damit ich eben jenes Zittern nicht bemerke!

Er ist ein Profi und weiß genau, wie er seine wahre Identität vor mir verbergen kann, ja, das muss es sein!

Ich konzentriere mich auf seinen Herzschlag, doch ich kann ihn nicht hören, wahrscheinlich, weil mein Puls viel zu laut in den Ohren klopft. *Ich* bin hier wohl die Einzige, die aufgeregt ist.

Okay, was sagen meine anderen Sinne?

Möglichst unauffällig hole ich tief Luft, aber ich rieche nur den Duft seines Waschmittels und ein dezentes Männerparfüm am Autositz, sonst nichts. Keinen Schweiß, keinen Eigengeruch, genau wie Zac bereits festgestellt hat.

Moment, wittere ich da nicht einen Hauch von Eisen? Irgendwas im Wagen riecht metallisch wie … Blut?

Sofort schnellt mein Pulsschlag weiter in die Höhe.

Eventuell hat er sich geschnitten, ich will jetzt nichts reininterpretieren, wo vielleicht nichts ist, aber eines ist er trotzdem niemals: Schriftsteller!

»Ich habe im Internet kein Buch unter Ihrem Namen finden können«, entwischt es mir. Sofort beiße ich mir auf die Zunge.

Seine nachtschwarzen Brauen heben sich über den Brillengläsern. »Sie spionieren mir also nach?«

»Berufskrankheit«, gebe ich zähneknirschend zu. »Und ich war einfach neugierig, was so einen gutaussehenden Mann in diese Gegend verschlägt. Aber …«, füge ich schnell hinzu, bevor noch mehr Mist meinen Mund verlässt und ich mich zum Gespött mache, »das erklärt nicht, warum ich kein Buch von Ihnen gefunden habe.«

Seine Mundwinkel zucken. »Ganz einfach. Weil ich unter einem Pseudonym publiziere.«

»Und warum?« Auf meinen Spürsinn war bisher immer Verlass, daher bin ich mir hundert Prozent sicher, dass er etwas zu verbergen hat. Ob er Schmuddelkram schreibt? Hardcore-Erotik?

Aufseufzend lehnt er sich zurück. »Weil ich meine Ruhe haben möchte, darum. Fans können zuweilen sehr nervig sein und sogar vor der Tür stehen. Das will ich nicht. Ich bin sehr gerne allein.«

Schade eigentlich. Vielleicht steht er nicht auf Frauen, das ist meine einzige Erklärung. Wenn er sich in diesem Kaff einen Mann angelt, wird das innerhalb von Stunden jeder wissen, auch ich. Ein beträchtlicher Teil von mir wünscht sich, dass ich falsch liege. »Also falls Sie mal Lust auf einen Kaffee haben, würde ich Sie gerne in das einzige Café der Stadt einladen.« Das ist mein letzter, verzweifelter Versuch, diesen Kerl für mich zu gewinnen. Womöglich steht er aber auch bloß nicht auf rothaarige Polizeibeamtinnen?

Lächelnd schüttelt er den Kopf. »Sie wollen ja nur mein Pseudonym erfahren.«

»Und? Verraten Sie es mir?«

»Nein«, antwortet er grinsend und startet den Motor. »Kaffee reicht mir zumindest nicht als Bestechung.«

»Na gut, ich überlege mir was«, antworte ich schmunzelnd und steige in meinen Dienstwagen. Gentlemanlike fährt Gabriel den schmalen Weg zurück, bis wir vor seinem prächtigen Haus ankommen. Dort ist genug Platz, um zu wenden.

Anschließend fahre ich ihm nach bis in die Stadt, obwohl der Drang groß ist, ihm weiterhin zu folgen. Als sich unsere Wege trennen, weil ich einen Abstecher ins Revier machen muss, hupt er zum Abschied und ist schnell aus meinem Blickfeld verschwunden.

Ich muss in sein Haus. Vielleicht bekomme ich dann heraus, was er vor mir und der Welt verbirgt. Nur was soll ich tun, wenn er mich überrascht? Ich würde mich nicht nur bis auf die Knochen blamieren, sondern er könnte mich auch wegen Hausfriedensbruch verklagen. Außerdem scheint er sein Heim nie zu verlassen; seit drei Tagen beobachte ich ihn und habe mir deshalb sogar extra Urlaub genommen. In Wolfsgestalt kauere ich hinter einem umgestürzten Baum, immer das Gebäude und seinen Wagen vor Augen, doch ich höre nichts, keine Musik und kein Geklapper von Geschirr – was vielleicht an den dicken Mauern liegt. Aber ich sehe auch kaum etwas, nehme nur ab und zu eine Bewegung hinter den Vorhängen wahr, und nachts brennt kein Licht. Alles sehr seltsam, und mein Ziehen im Bauch steigert sich.

Daher habe ich mir einen Plan zurechtgelegt, und die Zwillinge werden mir dabei helfen. Mit ihrer Unterstützung kann ich auch gleich testen, ob er Frauen bevorzugt oder nicht, denn Tia und Tara sind Meisterinnen im Männerverführen.

Mit einem Korb voller Muffins stehen sie am nächsten Morgen vor Gabriels Tür, die schwarzen Haare zu einer rassigen Mähne toupiert. Außer Pumps und einem weinroten Stretchkleid, das tief ausgeschnitten ist und ihnen knapp über den Hintern reicht, tragen sie nichts am Leib. Diese zwei Wildkatzen sehen verdammt heiß aus.

Tia klingelt, und kurz darauf öffnet Gabriel die Haustür. Er tritt nicht heraus, sondern verweilt im düsteren Flur, doch von meiner Position hinter dem Baum habe ich eine gute Sicht. Er hat nur eine schwarze Jogginghose an, sein Oberkörper ist nackt und um den Hals trägt er eine Kette mit einem goldenen Anhänger. Ich kann ihn nicht genau erkennen, ähnelt einer Kugel … wahrscheinlich, weil mich sein Körper ablenkt. Ich kann jeden einzelnen seiner Bauchmuskeln sehen; Gabriel scheint kein Gramm Fett zu besitzen. Er wirkt verschlafen, seine Haare sind durcheinander und er bekommt seine Augen kaum auf, als würde ihn das Tageslicht blenden.

Er ist so verdammt sexy, dass ich beinahe meine Mission vergesse.

»Hi, Monsieur Montabon«, sagt Tia zuckersüß. »Wir sind Tia und Tara, Ihre Nachbarinnen. Wir wohnen auf der großen Farm hinter dem Wald.« Sie deutet über ihren Rücken, ohne den Blick von ihm zu nehmen.

»Wir wollten Sie willkommen heißen. Die Muffins haben wir für Sie gebacken.« Tara überreicht ihm den Korb.

Lächelnd nimmt Gabriel ihn entgegen. »Danke, das ist sehr nett von Ihnen.« Er legt die Hand auf den Knauf, als wollte er die Tür schließen, da macht Tia einen halben Schritt nach vorne und fragt: »Es ist mir wirklich unangenehm, aber … dürfte ich Ihre Toilette benutzen?«

Sein Lächeln erlischt, doch er tritt zur Seite. »Natürlich. Geradeaus, dann die zweite Tür rechts.«

»Vielen Dank!« Tia huscht hinein und Tara drückt sich ebenfalls hüftschwingend an ihm vorbei. »Ich werde drinnen auf meine Schwester warten, wenn das okay ist, Gabriel?« Die Tür geht zu, die drei sind im Haus, und mein Magen verkrampft sich. Ich wette, es dauert keine fünf Minuten, bis Gabriel stöhnend auf der Couch oder dem Boden liegt oder … Nicht daran denken, Beth, das hier war deine Idee!

Ich sprinte los, laufe in Wolfsgestalt über den Hof und hinter das Haus. Dort gibt es eine weitere Tür, die zu einem kleinen, verwilderten Garten führt, das habe ich ausspioniert. Als ich auf der Veranda ankomme, ist Tia schon da und lässt mich hinein. Sie hält ihre Schuhe in der Hand, damit Gabriel das Geklacker der Absätze nicht hört. Ich husche an ihr vorbei, sie schließt leise ab und geht zurück zu ihm.

»Schön hast du es hier«, vernehme ich ihre Stimme, während ich den Holzboden und die Schränke der großen Küche beschnuppere. Sie sind aus hellem Holz und die Arbeitsfläche ist aus Marmor. Alles ist blitzblank, und ich rieche nichts außer die neuen Möbel, die Bodenpolitur und Wandfarbe. Hier wurde noch nie etwas gekocht!

Normalerweise kann ich Duftspuren von anderen Lebewesen – Menschen wie Tieren – visualisieren, ich sehe sie als bunte Bänder, jeder Geruch hat eine andere Farbe. Im Haus müsste es ein Wirrwarr an diesen »Bändern« geben, stattdessen ist hier außer Tias roséfarbener Spur und einigen sehr verblassten Rückständen – die offenbar von Handwerkern stammen – nichts zu sehen. So etwas ist einfach nicht möglich!

Während ich Tia, Tara und Gabriel in einem anderen Raum reden höre, wandle ich mich zurück in einen Menschen. Nackt stehe ich mitten in der Küche und ziehe vorsichtig an Schubladen oder öffne die Türchen der Hängeschränke.

Nichts! Keine Töpfe, kein Besteck, nur ein paar Gläser. Der Kühlschrank ist leer und nicht in Betrieb.

Hier stimmt wirklich etwas nicht!

Ich schleiche weiter über den polierten Holzboden und spähe ins Wohnzimmer. Gabriel sitzt auf einer schwarzen Ledercouch, flankiert von den Zwillingen, und fühlt sich sichtlich unwohl. Die beiden streicheln über seine nackte Brust und Tia küsst sogar seine Schulter, doch er starrt sie einfach nur an. In seiner Hose scheint sich nichts zu regen. Ist er also doch schwul?

Auch wenn ich Tia und Tara ein wenig beneide, weil sie Gabriel berühren und ihm nahe sind, fühle ich Enttäuschung. Zu gerne hätte ich mir den Kerl geangelt, denn ich bekomme nie einen ab, den ich haben will. Ich war einmal mit Nate, unserem Alpha, im Bett, als er noch nicht mit seiner Gefährtin zusammen war, doch wir haben bemerkt, dass zwischen uns keine Funken flogen und haben es bei diesem einen Mal belassen. Die meisten anderen Männer des Rudels, die mir gefallen würden, sind vergeben, und ich hatte nur eine längere Affäre mit einem Kollegen, bevor er nach Boston gezogen ist. Mir fehlt der Sex, und ich bin schon ewig auf der Suche nach einem Kerl. Nicht nur, um mich mit ihm in den Laken zu wälzen; am meisten sehne ich mich nach Berührungen, nach Nähe und Zärtlichkeit. Seit Jahren habe ich erotische Träume von einem Mann – meinem Traummann.

Nie sehe ich sein Gesicht, nur seine blassblauen Augen und schwarzen Haare, und er hat einen Körperbau wie Gabriel. Wahrscheinlich fahre ich deshalb auf ihn ab.

»Was ist los mit dir, Gabe?«, fragt Tia. »Gefallen wir dir nicht?«

»Doch, ihr seid wunderschön«, antwortet er in seinem sexy Akzent.

Ich verharre im Flur, verborgen im Schatten. Zum Glück ist es im Haus sehr düster, denn vor den Fenstern hängen dicke Vorhänge oder Jalousien. Gabriel wird mich nicht bemerken.

»Was hast du dann?« Tara zieht mit dem Finger Kreise um seine Brustwarzen. »Keine Lust auf einen Dreier?«

»Ich kann einfach nicht, seid mir bitte nicht böse.« Er beugt sich zu Tara und reibt die Nase an ihrem Hals. Seine Lippen öffnen sich leicht, als wollte er sie küssen.

Er kann nicht? Was redet er für einen Mist? Seine Körperhaltung spricht eine ganz andere Sprache!

»Wir sind dir doch nicht böse, Süßer«, schnurrt Tara. Sie vergräbt die Finger in seinem Haar, um ihn an ihre Brust zu ziehen, woraufhin sich mein Magen erneut zusammenballt. Die beiden sind derart forsch, unglaublich! Ich bin zwar auch kein Mauerblümchen, dennoch würde ich mich niemals trauen, mich auf solch dreiste Weise an einen fremden Mann zu schmeißen.

Ich muss jedoch zugeben, dass sie Gabriel meisterlich ablenken, und so nutze ich die Gunst der Stunde, um mir das Badezimmer anzusehen. Wow, welch ein Luxus, der Boden ist aus dunklem Marmor, es gibt eine riesige Wanne und eine separate Duschkabine. Auch hier suche ich im Schrank nach irgendwelchen Auffälligkeiten, finde aber nur Handtücher, Shampoo, eine Zahnbürste, Parfüm, Haargel und jede Menge Sunblocker.

Barfuß tapse ich weiter durch die untere Etage und wundere mich, dass es in dem Haus keinen Keller gibt. Wahrscheinlich, weil der Untergrund hier oft feucht ist. In der Nähe fließt ein Fluss, der an manchen Monaten des Jahres über das Ufer tritt. Stattdessen hat das Haus ein weiteres Stockwerk, doch wie komme ich nach oben? Ich finde keinen Aufgang!

Hinter zwei weiteren Türen offenbaren sich mir nur leerstehende, düstere Räume, vor deren Fenstern sich ebenfalls dicke Vorhänge befinden, und hinter der vorletzten entdecke ich ein Arbeitszimmer. Es ist als einziges gemütlich eingerichtet, mit vielen Regalen, Büchern, einem Schreibtisch und einem Computer. Ob Gabriel hier seine Romane schreibt?

Schnell beschnuppere und durchsuche ich alles, doch die Schubladen am Schreibtisch sind verschlossen. Mist.

Nun habe ich mehr Fragen als zuvor, und ich finde den Kerl jetzt doch unheimlich. Was verbirgt er, und warum braucht ein alleinstehender Mann so ein großes Haus?

Einen Raum habe ich noch nicht gesehen, das Schlafzimmer. Tatsächlich steckt es hinter der letzten Tür. Darin ist es stockdunkel, nicht der kleinste Lichtstrahl dringt durch das Fenster. Zum Glück reicht mir das Restlicht aus, das vom Flur hereinfällt, um genug zu erkennen. Die Laken in dem großen Bett sind zerknittert, also hat Gabriel tatsächlich noch geschlafen.

Ich lausche kurz und höre die Zwillinge kichern, dann trete ich ein. Auch hier beschnuppere ich die Möbel und öffne den Kleiderschrank, entdecke aber nichts Ungewöhnliches. Das einzig Seltsame ist der Geruch, der einem Anzug anhaftet, der nach dem Tragen offenbar nicht gereinigt wurde. Der balsamische, leicht würzige Duft macht mich schwindelig. Was ist das für ein Parfüm? Es riecht so gut und vertraut, dass ich für einen Moment die Nase im Stoff versenke und tief einatme.

Ein Kichern möchte aus meiner Brust perlen, als ich mir vorstelle, wie ich für andere aussehen muss: Eine nackte Frau, die an Männerkleidung riecht – *fremder* Männerkleidung in einem fremden Haus. Man würde mich wohl sofort in die Klapsmühle stecken.

Als mich plötzlich eine seltsame Ruhe umgibt, erstarre ich vor dem geöffneten Schrank. Die Stimmen der Zwillinge sind verstummt.

Verdammt, was ist da los?

Mit einem unguten Gefühl schleiche ich zurück in den Flur

und sehe vor meinem geistigen Auge alle drei in enger Umarmung, aber ich höre weiterhin nichts.

Vorsichtig luge ich ins Wohnzimmer. Dort liegen Tia und Tara auf der Couch, als wären sie einfach im Sitzen links und rechts zur Seite gekippt, und scheinen zu schlafen. Sie schlafen doch? Ich sehe und höre, wie sie atmen, Gott sei Dank! Doch wo ist Gabriel?

Kurz blicke ich mich um und wundere mich auch hier über die spartanische Einrichtung. Außer der Couch, einem Glastisch und einem Sessel gibt es nur ein niedriges Board, auf dem ein großer Fernseher steht. Gabriel scheint sich in Luft aufgelöst zu haben, denn ich kann nicht die geringste Spur von ihm wahrnehmen.

»Tia«, flüstere ich und eile auf die Couch zu. »Tara!« Ich rüttele an ihren Schultern, aber sie rühren sich nicht.

Verdammt! Hat Gabriel ihnen KO-Tropfen gegeben? Ich sehe keine Getränke und kann auch keine Chemikalien wittern – nichts!

Mein erster Gedanke ist Flucht und dass ich Hilfe holen muss. Ich wirbele herum und eile in den Flur, um das Haus durch die Hintertür zu verlassen – da pralle ich direkt gegen Gabriels nackte Brust. Mit einem Aufschrei schnappe ich nach Luft, während er mich an den Schultern packt und gegen die Wand drückt.

Sein kühler, fester Körper presst sich gegen meinen entblößten Leib, genau wie die goldene Kugel seines Anhängers, der sich zwischen meinen Brüsten wie Eis anfühlt.

»Was suchst du hier, Beth?«

Das ist seine erste Frage? Er scheint kein bisschen verwundert, dass eine nackte Frau durch sein Haus läuft.

»Tara? Tia!«, rufe ich, doch ich bekomme keine Antwort. »Was hast du mit ihnen gemacht?« Ich versuche, ihn wegzudrücken, aber er steht da wie festgegossen. Verdammt ist der Kerl stark! Dabei bin ich als Wandlerin nicht gerade schwach.

»Ich habe dir zuerst eine Frage gestellt, Beth«, knurrt er und packt meine Arme an den Handgelenken, um sie neben meinem

Kopf an die Wand zu nageln. Dann kommt er so nah an mein Gesicht, dass sich unsere Nasen fast berühren.

Da er keine Sonnenbrille trägt und er nur ein Stück größer ist als ich, kann ich zum ersten Mal direkt in seine Augen sehen. Sie sind von einem blassen Blau, wie der Himmel an einem Wintertag.

Ich kenne diese Augen. Es sind dieselben wie von dem Mann aus meinen erotischen Träumen! Aber … das kann unmöglich sein!

»Ich wollte …« Ich verliere mich in diesen ungewöhnlichen Iriden, während sich in meinem Kopf alles dreht. Hypnotisiert er mich?

»Was wolltest du?« Seine Stimme klingt auf einmal fern und verführerisch, und er starrt mich an, als würde er mich auffressen wollen.

»Nate hat … Ich sollte dir auf den Zahn fühlen.« Ich muss einen klaren Kopf behalten! Irgendwas stellt der Kerl mit mir an. Was, wenn er ein Psychopath ist? Jemand, der in seinem Haus Frauen gefangen hält, sich an ihnen vergeht, sie einsperrt, foltert … und warum hat er ausgerechnet dieselben Augen wie mein Traummann?

Hastig blicke ich auf seine Lippen, doch das macht es kaum besser. Ich begehre ihn noch immer und weiß nicht warum. Als würde er ein Aphrodisiakum benutzen, das ich nicht wahrnehmen kann, aber meinen Körper trotzdem darauf reagieren lässt.

Hat er dasselbe mit Tia und Tara gemacht?

»Lass mich los!« Er hat mich so fest an die Wand gedrückt, dass ich ihm nicht einmal ein Knie zwischen die Beine rammen kann. »Du bist kein Schriftsteller!«

»Bin ich«, grollt er. »Sag das deinem Alpha.«

Woher weiß er, dass Nate unser Rudelführer ist? Ich möchte ihn fragen, doch etwas anderes brennt mir auf der Zunge. »Seit drei Tagen hast du dein Haus nicht verlassen und es hat nie Licht gebrannt.«

»Wenn ich intensiv an einem Buch arbeite, vergesse ich alles um mich herum und verbringe Stunden vor dem Computer, egal ob es Tag oder Nacht ist.« Er klingt jetzt weniger aufgebracht, doch er hat seinen Griff kein bisschen gelockert.

»Hast du meine Freundinnen betäubt?«

»Nein, sie schlafen nur, und wenn sie aufwachen, werden sie nach Hause gehen und sich nicht mehr erinnern, mich besucht zu haben, genau wie du. Also hör auf, dich gegen mich zur Wehr zu setzen. Sieh mir in die Augen!«

»Was …« Ich keuche auf, als er sich über die Lippen leckt. Himmel, ich will ihn einfach nur küssen, mich an ihm reiben, mit ihm schlafen! Wilden Sex mit ihm haben, wie mit dem Mann in meinen Träumen. »Wer bist du?« Vor meinem Rudel nackt zu sein, befremdet mich nicht, aber vor Gabriel fühle ich mich verwundbar. Seltsamerweise gefällt mir das, genau wie sein fester Griff. Mein Atem rast, aber nicht aus Angst, sondern weil mich dieser wunderschöne Fremde erregt.

Er lächelt verrucht. »Es reicht, wenn ich weiß, wer du bist, Wandlerin.«

Ein Stich durchfährt meine Brust. »Woher …«

»Ich kann es riechen. Außerdem weiß ich über Nate Porter und das Rudel Bescheid.«

»Bist du auch ein Wandler?« Ich versuche, mich auf seinen Geruch zu konzentrieren und kann ein wenig von dieser feinen Note wahrnehmen, die auch dem Anzug in seinem Schrank anhaftet. Sofort pocht es heftig zwischen meinen Schenkeln.

»Sieh mich an, Beth! Bleib ruhig und bewege dich nicht.«

Welch faszinierende Augen er hat. Obwohl sie mir schon ewig vertraut erscheinen, kann ich nicht genug von ihnen bekommen. Und für seine achtundzwanzig Jahre wirkt Gabriel viel reifer, als würde sich das gesamte Wissen der Welt in seiner Seele spiegeln.

»Du bist wunderschön, Wandlerin.« Endlich lässt er mich los und macht einen Schritt zurück. Unverhohlen betrachtet er meinen Körper, wobei er sich über die Lippen leckt. »Und du riechst so gut.«

Also steht er auf Frauen? Auf mich?

Blitzschnell, sodass ich für einen Wimpernschlag nur eine verschwommene Gestalt erkenne, schießt er auf mich zu und schnüffelt an meinem Hals.

Wie hat er das gemacht? Und warum will ich ihn nicht danach fragen? Wieso fühle ich mich herrlich träge?

»Dein Blut ... irgendwas ist anders; es lockt mich geradezu. Ich muss von dir kosten, bevor du gehst. Komm mit.« Er streckt mir die Hand hin, und wie in Trance ergreife ich sie und lasse mich von ihm ins Schlafzimmer führen.

»Leg dich aufs Bett.«

Ich gehorche, als wäre ich eine Marionette und er der Puppenspieler.

Mein Herz hämmert gegen die Rippen und ich weiß, dass hier irgendwas nicht stimmt und gleich etwas Schlimmes passieren wird, doch ich kann mich nicht gegen seinen Befehl wehren, *will* mich nicht wehren, weil ... ich ihm vertraue.

Vampir, hallt durch meinen Kopf, nur diese Wesen können andere bezirzen und ihnen ihren Willen aufzwingen. Aber er kann kein Blutsauger sein, die können keine Wandler manipulieren. Seit Urzeiten sind die Vampire eifersüchtig auf uns, weil uns die Sonne nicht umbringt; außerdem ist unser Blut für sie giftig und es kann sie töten, wenn sie von uns trinken. Deshalb hassen sie uns und wollen uns umbringen, wann immer sich ihnen eine Gelegenheit bietet.

Gabriel kann kein Vampir sein, ich habe ihn tagsüber gesehen, als ich ihn in seinem Auto aufgehalten habe.

Ich lausche angestrengt und versuche, seinen Herzschlag zu hören, aber wieder vernehme ich nur meinen eigenen Puls, der laut in meinen Ohren klopft.

»Bist du ein Vampir?«, wispere ich, als er sich neben mich legt und auf meinen Hals starrt.

Er lächelt verschmitzt. »Vielleicht.«

Dann wären wir Erzfeinde, Vampire hassen Wölfe! Wird er mich gleich zerfleischen?

Ich unternehme einen letzten, schwachen Versuch, mein Leben zu retten, und sage: »Du wirst sterben, wenn du mein Blut kostest.«

»Ich will nur einen Tropfen, Beth, der wird mich gewiss nicht umbringen. Ich muss wissen, wie du schmeckst.«

Ich kann mich nicht bewegen, bin wie gelähmt, und kann ihm nur fasziniert ins Gesicht blicken. Während er mich anlächelt, verlängern sich seine Eckzähne, werden zu Fängen.

Mein Herz rast, mir wird schwarz vor Augen. Er ist ein Vampir. Er ist tatsächlich ein Vampir! Ich muss zu Nate, muss das Rudel warnen!

Gabriel schüttelt den Kopf, als könnte er meine Gedanken lesen, und streichelt über meine Wange. »Keine Angst, Beth. Ich werde dir nichts tun, keinem von euch. Bleib einfach ruhig liegen.«

Er lässt die Hand über meine Brüste gleiten und drückt sie vorsichtig. »So wunderschön.« Seufzend betrachtet er sie eine Weile, anschließend senkt er den Kopf und leckt über einen meiner Nippel, bis er ihm hart entgegenragt.

Oh Gott, das gefällt mir! Ich will, dass er mich berührt – überall!

Er zieht die Mundwinkel nach oben, sodass ich erneut seine Fänge erkenne. Dann treibt er die Spitze eines Zahnes vorsichtig in meinen Warzenhof, nur ein winziges Stück. Ein kurzer Stich durchzuckt mich, dann tut es nicht mehr weh und ich weiß, dass er mich am Leben lassen wird. Er hat diese Stelle gewählt, damit ich später das Bissmal nicht entdecken werde.

Nachdem er den Kopf gehoben hat, quillt ein roter Tropfen neben meinem Nippel hervor. Für den Bruchteil einer Sekunde starrt Gabriel darauf, danach leckt er ihn auf.

Gebannt halte ich die Luft an, und auch Gabriel schaut mich mit großen Augen an. Als nichts passiert, als er keine Reaktion zeigt, murmelt er: »Ich habe gewusst, dass so etwas Köstliches nicht giftig sein kann«, und senkt erneut den Mund auf meine Brust. Fest saugt er an; dabei knurrt er leise.

Stöhnend beuge ich mich ihm entgegen, während Hitze zwischen meine Beine schießt. »Warum bist du so, Gabriel? Warum macht dir mein Blut nichts aus?«

»Ich weiß es nicht.« Abermals hebt er den Kopf, um mich anzusehen. Blut schimmert auf seiner Oberlippe. »Bei mir ist vieles anders. Ich bin ein besonderer Vampir, ein Tagwandler, auch Daywalker genannt. Ich muss die Sonne zwar meiden, aber sie bringt mich nicht gleich um.«

Daher also die lange Kleidung, die Sonnenbrille und die verdunkelten Scheiben seines Wagens.

Ich schaffe es, einen Arm zu heben, und fahre mit den Fingern in sein dichtes Haar. Es fühlt sich weich wie Seide an. »Ich habe noch nie von Tagwandlern gehört.«

»Das ist gut so, und du wirst das auch wieder vergessen, wenn ich mit dir fertig bin. Niemand darf erfahren, dass ich existiere. Nur wenige Mitglieder wissen von meiner Andersartigkeit.«

Welche Mitglieder? Wovon spricht er?

»Ich bin einfach nur ein Schriftsteller, der gerne seine Ruhe hat.«

»Ja«, hauche ich. »Und jetzt zieh endlich diese verdammte Hose aus und fick mich.« Himmel, habe ich das wirklich laut gesagt? Das hier ist nicht mein Traummann; Gabriel ist echt!

Ein leises Lachen vibriert an meiner Brust. »Ich würde dich ficken, wenn ich könnte, und wie ich das würde.« Traurigkeit schwingt in seiner Stimme mit. »Seit über fünfzig Jahren wünsche ich mir, wieder in einer Frau zu sein, ihre Hitze und Enge zu genießen, ihre ...« Kopfschüttelnd leckt er über meine Brustwarze, sodass sich die kleine Wunde schließt und kaum noch zu erkennen ist. Danach steht er auf und tritt ans Fenster.

»Was machst du?«

»Ich will dich im Sonnenlicht sehen, *ma chéri*.« Er zieht die schweren Vorhänge zur Seite und eine Jalousie nach oben. Grelles Licht strömt ins Zimmer, und Gabriel steht mitten darin, teuflisch schön, wie ein gefallener Engel. Die goldene Kugel an seiner Halskette funkelt und reflektiert die Strahlen.

»Warum trägst du diesen Anhänger?«, möchte ich wissen.

»Das ist ein magisches Artefakt. Es verhindert, dass ihr Wandler mich wittern könnt.«

Deshalb hat niemand von uns etwas gerochen. Vampire sondern einen spezifischen Duft ab, eine unnatürliche Mischung aus Eisen und Kupfer, weil sie mehrmals im Monat Blut zu sich nehmen müssen. Wir können das fremde Blut in ihnen wahrnehmen.

Gabriel weiß also von uns und möchte nicht entdeckt werden. Was sucht er hier und was hat das Rudel damit zu tun?

Immer noch steht er im Sonnenlicht und murmelt: »Das ist neu.«

»Was?« Neugierig richte ich mich auf. Gabriels Bann scheint fast gebrochen, er hat mich kaum noch in seiner mentalen Gewalt.

»Die Sonne …« Er öffnet das Fenster und streckt seinen nackten Arm nach draußen. »Normalerweise würde sich meine Haut längst röten wie bei einem Sonnenbrand. Das muss an deinem Blut liegen.«

»Von wem trinkst du sonst?«

»Menschen. Ich habe niemals zuvor von einem Wandler gekostet.« Er zieht den Arm zurück, kneift die Lider zusammen und reibt sich über das Nasenbein, als würde er schwer nachdenken.

»Was ist?«

»Manchmal fühle ich, dass das Geheimnis, warum ich so bin wie ich bin, zum Greifen nahe liegt. Ich glaube, mich an etwas aus der Zeit direkt nach meiner Verwandlung zu erinnern, an Gerüche, Gefühle, Gedanken, doch genauso schnell ist diese Eingebung verschwunden. Es ist seit über fünfzig Jahren dasselbe, aber gerade …« Erneut schüttelt er den Kopf. »Ich bin mir sicher, dass ich schon einmal Wandlerblut getrunken habe. Ich erinnere mich an den wildwürzigen Geschmack, aber nicht daran, jemals einen Wandler gebissen zu haben. Und weißt du, was noch seltsam ist?«

»Was?«, hauche ich.

»Als ich dich auf einem Foto gesehen habe, wollte ich unbedingt in diese Stadt kommen. Ich musste dich kennenlernen.«

»Foto? Welches Foto?«

Tief schaut er mir in die Augen und raunt: »Vergiss das.«

Plötzlich höre ich Schritte im Nebenraum, Klackern von Absätzen auf dem Holzboden, dann wird eine Tür geschlossen. Tara und Tia gehen vor dem geöffneten Fenster am Haus vorbei. Sie bemerken Gabriel und winken ihm. »Mach's gut und lass dir die Muffins schmecken!«

»Vielen Dank, noch mal. Kommt gut nach Hause!«, ruft er ihnen nach, bevor sie im Wald verschwinden.

Ich atme auf. »Du hast Wort gehalten.«

»Du hast das bezweifelt?« Langsam dreht er sich um und stützt die Hände auf das Fensterbrett. Dabei wölben sich seine Oberarmmuskeln. Er ist so ein attraktiver Kerl, und ich glaube, das weiß er genau.

Ich räuspere mich. »Dann hast du also keine Ahnung, warum du ein Daywalker geworden bist?«

»Nein. Man vermutet, wegen einer genetischen Anomalie.«

»Man?«, frage ich.

Er lächelt; seine Fänge sind verschwunden. »Du weißt bereits zu viel, daher wirst du jetzt alles vergessen, was du hier …« Als er sich plötzlich zusammenkrümmt und zu Boden geht, weicht sein Bann von mir. Ich kann mich wieder frei bewegen und völlig klar denken. Ein Vampir ist in unserer Stadt! Diese Wesen sind manipulativ, listig und sehr gefährlich. Von klein auf wurde uns beigebracht, wie wir uns verhalten sollen, wenn wir einem Vampir begegnen. Besser, ihn zuerst zu töten, als dass es uns erwischt. Flucht ist meist sinnlos, denn Vampire sind schnell wie der Wind.

Er liegt am Boden, ist wehrlos. Ein Biss in die Kehle würde ihn ausbluten lassen, dann wäre er geschwächt und ich müsste im »nur« noch den Kopf abschlagen. Das ist beinahe die einzige Möglichkeit, die Blutsauger zu vernichten, denn mein Wandlerblut scheint ihm ja nichts auszumachen.

Ich könnte auch fliehen, zu meinem Rudel laufen und Hilfe holen, stattdessen springe ich vom Bett und knie mich neben ihn. »Was hast du?«

»Ich …« Er dreht sich auf den Rücken und presst die Hand auf seine Brust. Schweiß glänzt auf seiner Stirn, sein Atem rast, und nun kann ich sein Herz zum ersten Mal hören: Es klopft mindestens genauso schnell wie meines.

»Mein Blut bringt dich also doch um!« Hektisch lasse ich die Hände über seinen Oberkörper gleiten. Warum mache ich mir Sorgen? Er ist ein verdammter Vampir! Er will mich manipulieren, hat mich gebissen!

»Nein, es ist … mein Herz.« Tränen schimmern in seinen wunderschönen hellen Augen. »Es hat zu schlagen begonnen.« Erneut krümmt er sich. »Das Blut pulsiert durch meine Adern, bahnt sich einen Weg bis in die Fingerspitzen, mein … Gehirn!« Er fasst sich an den Kopf und kneift die Lider zusammen. »Verdammt, tut das weh!«

»Aber warum? Was passiert mit dir?« Ich weiß, dass Vampirherzen nicht schlagen, woran wir sie ebenfalls identifizieren können, doch es soll Ausnahmen geben.

Nachdem er ruhiger geworden ist und aufgehört hat, sich zu krümmen, starrt er mich an, als hätte er Angst, ich würde ihn gleich töten. »Du hast mich erweckt, Beth. Du bist der Grund für all das.«

»Erweckt?« Ich weiche vor ihm zurück, weil ich nicht weiß, was das heißt. »Bist du wieder ein Mensch?«

»Nein«, antwortet er und setzt sich auf. »Das bedeutet, ein Vampir hat seine vom Schicksal bestimmte Gefährtin gefunden.«

»Mich?« Meine Stimme überschlägt sich fast und meine Knie geben nach, sodass ich mich aufs Bett setzen muss. »Aber ich bin eine Wandlerin und du ... ein Tageslichtvampir oder so was! Wir können keine Gefährten sein!«

»Sehe ich auch so. Mir gefällt die ganze Sache ebenfalls nicht.«

»Ja, das merke ich«, sage ich verschnupft. Irgendwie tut es weh, dass er mich nicht will, dabei kennen wir uns doch kaum. Verdammt, auch wenn er ein Vampir ist, fühle ich mich immer noch zu ihm hingezogen. Ob ich deshalb all die Jahre von ihm geträumt habe? Weil er »der Eine« für mich ist? Ich werde ihm tunlichst nichts davon erzählen, solange er von unserer »Zwangsehe« nicht begeistert ist.

Ich zerre am Bettlaken und bedecke meinen Körper, da sich Gabriels Blicke wie Feuerpfeile in meine Haut bohren. Er sieht mich anders an als zuvor. Als wäre ich seine Beute. Als wäre ich ... Sein.

»Es ist nichts Persönliches, Beth.« Schwankend steht er auf und atmet tief durch, bevor er neben mir auf dem Bett Platz nimmt. Er stützt die Ellbogen auf den Knien ab und senkt den Kopf. »Ich bin nicht umsonst aus Paris weg, da gab es mehrere Gründe. Unter anderem wollte ich eine Erweckung verhindern, um allein zu bleiben, denn in Paris wimmelt es vor Vampirinnen. Auch wenn es bedeutete, ich würde für immer auf Sex verzichten müssen. *Nom de Dieu!*« Er drückt die Hände an die Schläfen und lässt sich rückwärts ins Bett fallen. »Warum hier, ausgerechnet in diesem Kaff?«

Mein Atem stockt, als ich die Beule in seiner Hose bemerke. Er hat eine Erektion!

Hastig blicke ich höher, auf seinen flachen Bauch, die zarten

Erhebungen der Muskeln und die Spur schwarzer Härchen, die unter seinem Hosenbund verschwindet.

Hart schlucke ich. »Heißt das, ihr könnt nicht … Also erst, wenn ihr erweckt worden seid?«

Er lässt die Arme neben dem Kopf fallen, als würde er sich ergeben, und mustert mein nacktes Bein, das zwischen dem Laken hervorspitzt. Dann lächelt er verrucht. »Mal ehrlich, wie soll man denn einen Ständer bekommen, wenn kein Blut in den Schwanz fließen kann? Erst wenn das Herz eines Vampirs zu schlagen beginnt, können wir ficken.« Während er mich weiterhin betrachtet, fährt er mit der Hand in seine Hose. Stöhnend schließt er die Augen, und die Hand unter dem Stoff bewegt sich.

»Verdammt, fühlt sich das gut an«, murmelt er. »Du hast ja keine Ahnung.«

»Wie auch? Dieses gewisse biologische Anhängsel fehlt mir schließlich«, erwidere ich schnippisch.

»Ich lasse dich gerne mal damit spielen.« Grinsend hebt er den elastischen Bund der Jogginghose an, um seine Erektion zu begutachten. »Nicht von schlechten Eltern, oder?«

Verflucht, ich wollte nicht hinsehen; nun hat sich der Anblick des langen, geäderten Schaftes und der purpurfarbenen Eichel unwiderruflich in meine Netzhaut gebrannt. »Du bist unmöglich!« Kraftvoll werfe ich ihm ein Kissen ins Gesicht, während meine Wangen glühen. Einem Vampir zuzusehen, wie er an sich herumspielt, ist schließlich nicht alltäglich. Und er macht mich wütend.

Er nimmt das Kissen, dreht sich damit auf den Bauch und blickt mich verträumt an.

Der Kerl hat ein unglaubliches Selbstbewusstsein. Um ihn befummeln zu dürfen, bin ich also gut genug, aber seine Gefährtin darf ich nicht sein?

Moment, er hat gesagt, er ist unter anderem aus Paris weg, weil er befürchtete, erweckt zu werden. Das bedeutet … »Warum hast du Angst vor einer Bindung?«

Sein Gesicht verdüstert sich, und erneut reibt er sich über das

Nasenbein. »Ich weiß es nicht. Wenn ich darüber nachdenke, bekomme ich Kopfweh. Ich weiß nur, dass ich keine feste Partnerschaft will.«

»Und was machen wir jetzt?«, frage ich vorsichtig. Immerhin bin ich nun »Sein«, oder so was, auch wenn ich keine mentale Verbindung zu ihm spüre. Ich meine – hey, ich habe sein untotes Herz zum Schlagen gebracht, da darf ich gewiss Anspruch auf ihn erheben!

Blitzschnell richtet er sich auf und drückt mich an den Schultern zurück auf die Matratze. »Jetzt werden wir ficken, und danach lasse ich dich alles vergessen.«

Oh Mann, der Kerl hat vielleicht Nerven! Natürlich will ich ihn, aber nicht *so*. Nicht wenn er denkt, dass nur er das Recht hat, mich zu nehmen, wie und wann er will. »Das hast du dir ja fein ausgedacht, Vampir! Mich mal eben flachlegen, das Gedächtnis löschen und dann nach Hause schicken. Ich bin doch keine Nutte!«

Sein Lächeln flackert. »Nein, bist du nicht.« Er rollt sich von mir herunter und bleibt neben mir auf dem Rücken liegen. »Ich hab mir das alles irgendwie anders vorgestellt.«

»Was … alles?«

»Nichts.« Er schließt die Augen und zupft an dem Zelt in seiner Hose. Dabei verzieht er das Gesicht, als hätte er Schmerzen.

Hinter meinem Brustbein sticht es und ein Sehnen ergreift von mir Besitz, das ich kaum in Worte packen kann. Habe ich etwa Mitleid mit dem Kerl? Ich fasse es nicht! Neben mir liegt ein Vampir – mein Feind! – , der zum ersten Mal seit über einem halben Jahrhundert eine Erektion hat, und ich habe tatsächlich ein schlechtes Gewissen, weil ich ihn nicht ranlasse. Andererseits rechne ich ihm seine Zurückhaltung hoch an, schließlich bräuchte er mich nur zu manipulieren und ich würde bereitwillig die Beine für ihn breit machen.

Als er die Lider wieder öffnet, trifft mich sein trauriger und gleichzeitig verlangender Blick bis ins Mark. Ich erahne, wie einsam er sich all die Jahrzehnte gefühlt haben muss. Schließlich kann ich es nachempfinden, sehne ich mich selbst nach Zärtlichkeiten und wildem Sex. Dabei habe ich weit weniger lang darauf verzichten müssen als er.

Er dreht sich auf die Seite und gräbt die Finger in mein Haar. »Ich werde dich nun vergessen lassen, dass du in meinem Haus warst. Du wirst nur noch wissen, wie du deine Freundinnen beobachtet hast und sie mir die Muffins gebracht haben. Du erzählst deinem Alpha, ich bin Schriftsteller und hier ist alles in Ordnung. Danach wirst du dich mir oder meinem Haus nie wieder nähern.«

Er beugt sich über mich, und ich drücke den Rücken in die Matratze, während die goldene Kugel auf meinem Dekolleté liegt und dort eine unangenehme Kälte verbreitet. »Tu das bitte nicht, Gabriel.«

»Ich muss«, sagt er leise und streicht über meine Wange. »Ich will nicht, dass du in Schwierigkeiten gerätst.«

Ich frage erst gar nicht, was er damit meint, denn er wird mir ohnehin nichts erzählen. Dumm nur, dass meine Neugier immer größer wird. Er ist ein Daywalker, das darf ich auf keinen Fall aus dem Gedächtnis verlieren. Ich muss das unserem Alpha mitteilen!

Vielleicht kann ich Gabriel von der Gedankenmanipulation ablenken. Daher schließe ich die Arme um seinen breiten Rücken und streichle ihn. Wie wunderbar weich seine Haut ist, nur ein bisschen kühler als meine. Alles an ihm scheint perfekt zu sein, bis auf den düsteren Teil seiner Seele, falls er überhaupt eine besitzt. »Was wirst du tun, wenn ich gegangen bin?«

Sein Gesicht kommt näher, er kriecht vollständig auf mich und schnuppert an meiner Wange. »Mir jemanden suchen, der sich um das unerträgliche Pochen zwischen meinen Beinen kümmert.«

Ich kann seine Härte an meiner Mitte fühlen. Wenn diese verdammte Hose und das Laken nicht dazwischen wären, würde ich nicht zögern und sofort mein eigenes Verlangen stillen.

Ich lasse die Hände über seinen Rücken nach oben wandern

und zerwühle sein Haar, wobei ich meine Beine öffne und das Becken sanft kreisen lasse. »Ich will nicht, dass du zu einer anderen gehst. Schließlich gehörst du jetzt mir.« Und je länger ich darüber nachdenke, desto mehr will ich ihn.

Hart keucht er an meine Wange. »Solange du nicht mein Blut bekommst, bist du nicht mit mir verbunden.«

»Ich will dich nicht vergessen, Gabriel. Ich will das alles im Gedächtnis behalten.« Ich lasse die Hände über seinen Rücken nach unten gleiten, schlüpfe in seine Hose und kralle die Finger in sein muskulöses Fleisch. »Ich will *dich*!«

Schnell hebe ich den Kopf, um seine herrlichen Lippen zu küssen, doch er weicht zurück, obwohl er aussieht, als ob er über mich herfallen wollte. »Wirklich, *ma fleure*?«

Mein Atem rast, und ich hauche ihm ein »Ja« entgegen. Ich will ihn so heiß machen, dass er nicht mehr will, dass ich ihn vergesse. Und ich will ihn endlich küssen, verdammt, will wissen, ob seine Küsse genauso gut schmecken wie die des Mannes aus meinen Träumen!

Meine Finger jucken, als wollten sich meine Krallen ausfahren, und mein Kiefer spannt. Auch ich habe Fänge, wir sind uns gar nicht so unähnlich. Ich könnte ihn einfach beißen, mir sein Blut nehmen, und dann wäre ich mit ihm verbunden. Mit einem Vampir.

Nur will ich das wirklich? Ich kenne ihn schließlich nicht, weiß nicht, was er in unserer Stadt sucht und welche Rolle das Rudel in seinen geheimnisvollen Plänen spielt. Ich will nichts tun, was ich später bereuen könnte.

Er reißt das Laken weg, dann hält er meine Arme fest. Mit der Zunge fährt er über meinen Hals und hinterlässt eine prickelnde Spur. »Ich weiß nicht, ob ich mich zurückhalten kann, Beth. Es ist zu lange her und ich will dich zu sehr.«

»Wirst du mich wieder beißen?«

»Ja. Ich muss noch einmal von dir trinken, brauche nur eine Stelle, wo du meine Male nicht findest, bis sie verheilt sind.«

»Wie wäre es zwischen meinen Beinen?«

Hart keucht er an mein Ohr. »Ich ahne, was du vorhast, *ma chérie*.«

»Du weißt, dass ich dich will, du kannst es gewiss riechen. Du darfst auch von mir kosten.«

Zärtlich knabbert er an meiner Wange, doch sein Griff um meine Handgelenke zieht sich zu. »Willst du mich manipulieren, Wandlerin?«

Es erregt mich, ihm ausgeliefert zu sein. Ich bin verrückt. Mein Körper steht unter Strom, mein Kitzler pocht heftig. »Warum kannst du mich eigentlich bezirzen? Ich dachte, Vampire können das nicht bei uns.«

»Wieder etwas Besonderes und ein Grund, weshalb ich nach Norwich gekommen bin.«

Ja, er ist wirklich etwas Besonderes. »Warum bist du hierher gekommen?«

»Ich darf es dir nicht sagen.«

Oh Gott, ich will ihn so sehr, obwohl ich nichts von ihm weiß! Lasziv räkle ich mich unter ihm. Meine Brustwarzen prickeln, mein Schoß pocht wie verrückt. »Wenn wir gleich miteinander schlafen und ich danach keine Erinnerung mehr daran habe, möchte ich dich wenigstens mit allen Sinnen genießen.« Ich schiele zwischen unsere Körper und werfe einen dunklen Blick auf das Artefakt.

Sein rechter Mundwinkel hebt sich, und er schaut mich an, als würde er niemals auf die Idee kommen, den Anhänger abzunehmen, doch er überrascht mich. Nachdem er den magischen Schmuck auf den Nachttisch gelegt hat, strömt mir sein unwiderstehlicher Geruch entgegen. Balsamisch, würzig, wie das Aroma an seinem Anzug. Das ist Gabriel pur.

Plötzlich ist die Anziehungskraft zu ihm noch stärker als zuvor, als hätte er eine Mauer zwischen uns eingerissen. Das wird mir später helfen, mich an alles zu erinnern – hoffe ich. Es will nicht in meinen Kopf, dass ich wirklich alles vergessen werde. Das werde ich nicht zulassen!

Schmunzelnd hebt er eine Braue. »Besser?«

»Viel besser.« Meine Stimme klingt dunkler, rauer. Am liebsten möchte ich meine Krallen ausfahren und sie ihm in den Rücken schlagen. Stattdessen packe ich seinen Hinterkopf am Haaransatz, ziehe Gabriel zu mir her und presse meine Lippen auf seine.

Ein köstliches Prickeln explodiert an meinem Mund, und als ich die Zunge einsetze, um den sinnlichen Schwung seiner Lippen nachzufahren, wirkt er wie erstarrt und sieht mich beinahe schockiert an. Doch sein kehliges Stöhnen verrät mir, wie sehr es ihm gefällt. Seine Lider flattern, und er senkt sich schwer auf mich.

Ich wage mich weiter vor, drücke die Zunge in seinen köstlichen Mund und schmecke mein Blut. Das macht mich gieriger, auch von ihm zu kosten. Meine Fänge verlängern sich und ich schnappe nach seinen Lippen.

Sofort nimmt er den Kopf zurück. »Ruhig, Wölfin, hör auf, mich beißen zu wollen.«

»Ich will dein Blut«, knurre ich. Meine Stimme klingt kaum noch menschlich.

»Zuerst probiere ich noch einmal von dir.«

Frustriert fauche ich und unterdrücke eine vollständige Wandlung, während sich Gabriel tiefer schiebt, zwischen meine Beine, und sie auseinanderdrückt. Als er an meinem Venushügel schnuppert, klopft meine Klitoris hart und sehnt sich nach seiner Berührung.

Ich verharre still, warte ab, und endlich senkt er die Lippen auf die wild pochende Stelle zwischen meinen Schenkeln.

Sein erster Zungenschlag bringt mich fast um den Verstand. Wie Stromstöße peitschen die Berührungen tief in meinen Unterleib. Stöhnend bäume ich mich auf und drücke mich ihm entgegen – als Reaktion folgt ein raues Lachen.

»Ich habe wohl nichts verlernt, chérie.«

Ich packe diesen überheblichen Vampir an den Haaren, um ihm zu zeigen, wo sein Platz ist. »Nicht ... reden.«

Er lässt mich einen Moment zappeln, indem er mit fiebrigem

Blick zu mir aufsieht, dann flattert seine Zunge erneut über meine empfindsamste Stelle. Als er auch noch einen Finger in mich schiebt, kann ich den Höhepunkt nicht mehr zurückhalten. Ich komme an Gabriels Mund, spüre, wie mehr Feuchtigkeit aus mir läuft und er sie gierig aufleckt. Und noch bevor mein Orgasmus vorüber ist, senkt Gabriel die Fänge in meine angeschwollenen Schamlippen. Der zarte Schmerz verlängert mein Hochgefühl, und während er mein Blut trinkt, komme ich immer und immer wieder zum Höhepunkt, bis mir schwarz vor Augen wird.

Erschöpft und verschwitzt liege ich auf dem Bett, während Gabriel über die Bissmale leckt. Noch immer pocht mein Unterleib und sehnt sich nach mehr.

»Ich kann mich nicht länger zurückhalten, chérie«, sagt er mit grollender Stimme und stellt sich vors Bett. Mit einer blitzartigen Bewegung reißt er sich die Hose von den Beinen und baut sich wie ein Gott vor mir auf. Nackt und wunderschön. Seine Erektion ragt schräg nach oben und die purpurne, pralle Kuppe glänzt feucht.

Erneut verlängern sich meine Fänge. »Du hast mich gebissen, schon wieder!« Ich will ihn kosten, unbedingt! Doch noch immer fühle ich mich zu träge. »Komm her, du unwiderstehlicher Vampir«, raune ich und locke ihn mit dem Finger. Mein Arm scheint mit Blei gefüllt zu sein, ich kann ihn kaum heben. Der gigantische Höhepunkt hat all meine Kraftreserven aufgebraucht.

»Du bekommst mein Blut nicht, Wölfin«, sagt er und grinst düster, bevor er mich auf den Bauch dreht, als wöge ich so viel wie eine Feder.

Mist, jetzt habe ich keine Chance mehr, ihn zu beißen.

Er packt mich an den Hüften und bringt mich in Position, bis ich auf allen vieren knie. Sein Atem streift über meine nasse Scham, dann leckt er ein paar Mal hart darüber, bevor er sich hinter mich kniet und in mich eindringt.

Himmel, fühlt sich das gut an!

Beide knurren wir lustvoll auf, während er sich tiefer in meine enge Hitze schiebt. Prompt habe ich ein Déjà-vu, als hätte ich bereits mit Gabriel geschlafen, und nicht nur in meinen Träumen. Wie kann das sein? Warum fühlt sich das mit Gabriel derart vertraut an?

Meine Gedanken verschwimmen, als er sich ein Stück zurückzieht, um erneut in mich zu stoßen. Ich glühe und poche um ihn herum und genieße den wahnsinnig guten Sex mit ihm, der noch viel besser ist als in meinen Träumen. Weil das hier echt ist, auch wenn es noch so verrückt klingt, dass ich mit einem Vampir schlafe!

»Du bist wie für mich gemacht, Beth«, raunt er. »Ich wollte dich, seit ich dich das erste Mal gesehen habe. Und jetzt kann ich dich haben.«

Hitze breitet sich in meinem Herzen aus und strahlt bis in meinen Bauch. Er will mich. »Warum willst du gerade mich?«

»Ich weiß es nicht«, raunt er. »Du hast mich wohl verzaubert, du wilde Hexe.« Als seine Fänge über meinen Rücken schaben, erschaudere ich wohlig.

»Wehe, du beißt mich schon wieder!« Ich will mich umdrehen, aber Gabriel hält meine Hüften so fest gepackt, dass ich keine Chance habe.

»Du bist wie ein Wildpferd, Beth.« Hart stößt er in mich. »Du gehörst erst ordentlich eingeritten, bis du zahm wie ein Stubenkätzchen bist.«

»Du Mistkerl!« Ich versuche, ihn abzuschütteln, ihn von mir zu werfen, doch er klebt förmlich an mir.

»Wildpferd, sag ich doch!« Er lacht kehlig, umarmt mich von hinten und krallt beide Hände in meine Brüste.

Anstatt auf ihn wütend zu sein, weil er mich derart dominiert und ich nichts dagegen unternehmen kann, erregt mich seine beherrschende Art. Wut und Lust bäumen sich auf, vehement stoße ich ihm mein Becken entgegen und genieße sein tiefes Eindringen mit jedem Mal aufs Neue. Wir Wandler haben gerne heftigen Sex, und den konnte ich mit meinem Kollegen nicht ausleben, daher lässt der Genuss meinen Unmut schwinden. Außerdem wundere ich mich, dass Gabriel für sein erstes Mal nach einem halben Jahrhundert eine dermaßen große Selbstbeherrschung besitzt. Jeder andere wäre in der Zeit schon drei Mal gekommen.

»Ich will dich ansehen«, sage ich sanfter. »Bitte, Gabriel. Ich will dich … küssen.«

Er verharrt, und sein Griff um meine Brüste lockert sich. »Du wirst mich beißen.«

»Nein, ich schwöre es.«

Er gleitet aus mir und lässt mich los, und ich drehe mich schnell auf den Rücken. Ich will mich auf ihn setzen, doch er lässt mich nicht, sondern legt sich sofort wieder auf mich.

Sanft packt er mein Kinn, um meinen Kopf unten zu halten, und küsst mich vorsichtig, als hätte er Angst, dass ich ihn immer noch beißen könnte.

Ich erwidere die Zärtlichkeiten, grabe die Finger in sein Haar und züngle wild mit meinem Vampir.

»Du bist so schön, Beth«, raunt er, während er in mich gleitet, um mich diesmal behutsamer und noch tiefer zu nehmen.

Von ihm ausgefüllt zu sein, ist das herrlichste Gefühl auf Erden. Ich hebe mein Becken an, um meine Klit bei jedem Stoß an ihm zu reiben, und kralle die Finger in seinen Rücken. Ich will Gabriels Gewicht auf mir spüren, will mich an ihm scheuern. Erneut bahnt sich ein Höhepunkt an. Mein nasser Schoß legt sich fest um ihn, elektrische Impulse rasen durch meinen Unterleib.

Die Sehnen an Gabriels Hals spannen sich an, als er den Kopf zurückwirft und brüllt. Während ich meinen Höhepunkt eher verhalten genieße, ist seiner laut und wild, als würde er ihm genussvolle Schmerzen bereiten. Was wahrscheinlich der Fall ist, nach Jahrzehnten des Verzichtes.

Er füllt mich mit seinem Samen, und ich bin eins mit ihm. Ich bin glücklich, fühle mich frei und schwerelos. Was wir tun ist richtig.

Schwer atmend blickt er auf mich herab, bevor er sich neben mich rollt und auf dem Rücken liegen bleibt, wobei er eine Hand auf meinen Oberschenkel legt. Dann grinst er mich an.

»Verdammt, das ist mir wirklich abgegangen.«

»Dann warst du als Mensch wohl ziemlich umtriebig?« Wer würde es ihm verdenken. Wenn ich ein Mann wäre und so aussehen würde wie Gabriel, würde ich wohl auch nichts anbrennen lassen.

Er kratzt sich an der Schläfe. »Die Frauen haben mich geliebt.«

»Hattest du eine feste Partnerin?«

Er schüttelt den Kopf und sieht mir lange und tief in die Augen.

In meinem Magen kribbelt es. Er ist mir so vertraut! Trotzdem kann ich immer noch nicht fassen, was soeben geschehen ist. Ich habe es gespürt – zwischen uns gibt es eine Verbindung.

Ob ich ihm sagen soll, dass er der Mann aus meinen Träumen ist? Oder sind diese Parallelen purer Zufall? Ich will mich schließlich nicht lächerlich machen. »Wer warst du als Mensch? Was hast du gemacht? Und wie bist du ein Vampir geworden?«

»Ich war Sportreporter«, beginnt er zögerlich, wobei er sich wieder über den Nasenrücken reibt und die Augen zusammenkneift. »1960 fand die Fußball-Europameisterschaft statt. Gastgeber war Frankreich, und ich war sehr aufgeregt, weil ich live berichten durfte. Damals hieß das Spiel noch *Europapokal der Nationen*. Das Finale *Sowjetunion gegen Jugoslawien* fand im Prinzenparkstadion statt. Meine Stimmung war gedämpft, es sind nach dem Ausscheiden von Frankreich nur noch wenige Zuschauer zum Endspiel gekommen. Nach der Veranstaltung war ich mit Freunden in einer Bar, um unseren Frust zu ertränken. Danach ist alles schwarz.«

»An deine Wandlung hast du also keinerlei Erinnerung?«

Er schüttelt den Kopf. »Wie ausgelöscht. Mir fehlen fünf Jahre, und alles, was davor liegt, mein Leben als Mensch, ist nur vage vorhanden. Ich weiß nicht einmal, wer meine Eltern waren.«

Ich sehe, wie ihn das belastet. Es würde mich wahnsinnig machen, wenn mir ein kompletter Lebensabschnitt abhanden gekommen wäre.

»Vielleicht ist es eine Art Wandlungs-Amnesie?«

»Davon habe ich nie gehört. Ich habe natürlich recherchiert, aber immer, wenn ich etwas herausfinden wollte, habe ich schreckliche Kopfschmerzen bekommen.«

»Konnte dir denn keiner helfen?«

»Ich kenne Leute, die versucht haben, hinter dieses Phänomen zu kommen. Sie vermuten einen Zauber, der jedoch so mächtig sein muss, dass man ihn weder auflösen noch nachweisen kann.«

Das alles klingt verrückt und aufregend. »Aber dich muss jemand gewandelt haben, oder? Das passiert nicht von allein.«

»Nein. Man muss von einem Vampir gewandelt werden.«

»Kannst du mich zum Vampir machen?« Ich erschaudere bei dem Gedanken.

»Man kann keine Wolfswandler zu Vampiren machen, nur Menschen. Denn normalerweise sterben wir, wenn wir euer Blut trinken. Ich müsste dich ausbluten lassen, und nachdem du deinen letzten Herzschlag getan hast, dir mein Blut zu trinken geben.« Er senkt den Blick und streichelt über meinen Oberschenkel. »Das Risiko würde ich niemals eingehen, weil ich nicht weiß, ob ich überhaupt jemanden wandeln kann. Ich habe noch nie von Daywalkern gehört, die weitere Daywalker erschaffen haben. Und ein Leben in ständiger Dunkelheit will ich dir ohnehin nicht antun.«

Ich schlucke bei Gabriels Worten. Er sorgt sich um mich? Bedeute ich ihm etwas? Oder sagt er das nur, um mich auf Abstand zu halten, weil er sich nicht binden will? Schließlich hat er mir erzählt, dass er keine feste Partnerschaft eingehen möchte.

Er zieht die Hand zurück und räuspert sich. »Jetzt wirst du alles vergessen, was gerade passiert ist, chérie.«

»Aber das ist unfair, wenn ich nicht mehr weiß, dass wir füreinander bestimmt sind!« Er hat kein Recht, das allein zu entscheiden.

»Keine Sorge, du wirst nichts merken und dich an nichts erinnern.« Tief sieht er mir in die Augen, streicht zärtlich über meine Wange und sagt leise: »Wenn du herausfindest, was ich hier suche, würde das meine Mission gefährden. Ich wünschte wirklich, ich könnte mit dir darüber sprechen. Aber der Zeitpunkt ist noch nicht gekommen.«

Er hat noch mehr Geheimnisse? Ein Klumpen bildet sich in meinem Magen. Mein an Amnesie leidender, sexy Tageslichtvampir ist ein einziges Mysterium.

»Und jetzt dusche dich gründlich, bis mein Geruch nicht mehr an dir haftet, chérie, und danach gehst du nach Hause und vergisst, dass wir miteinander geschlafen haben. Du wirst deinem Alpha sagen, dass ich Schriftsteller bin und sonst alles in Ordnung ist.«

»Ja, alles in Ordnung«, murmle ich träge, stehe auf und wanke ins Badezimmer, als hätte ich zu viel Alkohol getrunken.

»Ihr habt mir noch gar nicht erzählt, wie es bei Montabon war«, sagt Nate am nächsten Tag beim Frühstücken.

Die Zwillinge blicken von ihren Tellern auf. »Wir haben ihm Muffins gebracht und uns an der Tür kurz mit ihm unterhalten«, antwortet Tara. »Dann sind wir wieder gegangen. Wir glauben, er ist in Ordnung.«

»Und unglaublich süß«, setzt Tia hinzu. »Aber nichts für uns. Anscheinend steht er eher auf Männer.«

Nate lehnt sich im Stuhl zurück und mustert die beiden. »Dann habt ihr nichts Ungewöhnliches gewittert?«

Sie schütteln den Kopf und essen weiter.

»Er ist einfach nur ein Schriftsteller, der seine Ruhe haben will«, erkläre ich geistesabwesend. Mein Traum macht mir immer noch zu schaffen. Der Mann mit den unglaublich hellblauen Augen hat mich erneut heimgesucht und mit mir geschlafen, bloß fühlte sich alles realer an als zuvor. Ich konnte ihn riechen, schmecken, spüren. Er hat mich von hinten und vorn genommen, mich geleckt und in die Brust gebissen, um mein Blut zu kosten. Offenbar ist er ein Wandler, wie ich. Wir Wolfswandler lieben es, beim Sex voneinander zu kosten, das macht das Liebesspiel besonders intensiv.

Als mich ein heftiger Höhepunkt erschüttert hat, bin ich aufgewacht, habe für den Bruchteil einer Sekunde Gabriel neben mir gesehen und fand mich dann doch wie immer allein im Bett vor. Offenbar lebe ich zu lange abstinent. Wenn ich nicht bald einen Partner finde, werde ich wirklich noch verrückt.

»Wann hast du mit ihm geredet, Beth?« Nate starrt mich durchdringend an und reißt mich aus meinen Tagträumen. Ich mag es nicht, wenn er mich durchleuchtet, dann fühle ich mich jedes Mal unwohl. Doch er ist unser Alpha, er muss alles wissen, um uns beschützen zu können. »Wolltest du nicht in sein Haus schleichen, während Tara und Tia ihn ablenken?« Erneut wirft er einen Blick auf die Zwillinge. »Das haben mir zumindest zwei

Vögelchen gezwitschert.«

Wir drei Frauen sehen uns fragend an. Ich habe keine Ahnung, wovon Nate spricht. »Nicht, dass ich wüsste.« Ich reibe mir über die Schläfe, da ein Stich meinen Schädel durchzuckt. Die Nacht war irgendwie zu kurz, und ich habe Kopfweh. Das liegt sicher an den seltsamen Träumen. Außerdem hat meine Brust andauernd gejuckt. So eine blöde Mücke hat mich wahrscheinlich in den Nippel gestochen. Mistvieh. Und noch eine andere Körperstelle scheint unter Feuer zu stehen. Daher bringe ich das Frühstück schnell hinter mich, weil ich das dringende Bedürfnis verspüre, mich auch zwischen den Beinen zu kratzen.

***

Nach dem gemeinsamen Essen zerstreuen sich alle. Hazel fährt in ihr Büro in der Stadt, Tara und Tia gehen mit Zac in einen Anbau der Scheune, um Schönheitsprodukte und andere Pflanzenpräparate herzustellen, und Cassy legt sich wieder hin. Sie fühlt sich heute ein wenig erschöpft. Kein Wunder, der Tag verspricht heiß zu werden.

Nate verzieht sich normalerweise hinter den Computer, um seinen Aktiengeschäften nachzukommen, bevor er sich anschließend mit Zac um die Farm kümmert, und ich fahre ins Revier. Siedend heiß fällt mir gerade noch ein, dass ich bis Ende der Woche Urlaub habe. Warum habe ich mir den eigentlich genommen?

An meinen Urlaubstagen spanne ich meistens aus, schlafe viel, lese und streife durch die Wälder. Oder ich besuche meine Tante Veronica in New York. Da mich meine Eltern bekamen, als sie schon sehr alt waren, sind sie vor einigen Jahren eines natürlichen Todes gestorben. Dad mit achtzig an einem Herzinfarkt und Mum zwei Jahre später an akutem Nierenversagen, obwohl sie fünf Jahre jünger war als er. Aber die Nieren machten ihr schon lange Probleme. Seitdem habe ich nur noch Veronica als einzige Verwandte, und ich lebe hier auf der Farm. Unser kleines Haus musste ich leider verkaufen, weil ich allein die Hypothek nicht aufbringen konnte und meine Eltern noch Schulden hatten. Aber ich bin ja gerne hier, immer umgeben vom Rudel. Man ist nie einsam. Eigentlich. Ein Partner wäre schön. Wenn es mir in Norwich nicht so gut gefallen würde, wobei es mir besonders die Wälder angetan haben, würde ich nach New York zu meiner durchgeknallten, aber liebenswerten Tante ziehen. Dort leben sehr viele Wandler, da wäre bestimmt auch der passende Gefährte für mich dabei.

Seltsamerweise muss ich schon wieder an Gabriel denken, und das brennende Pochen zwischen meinen Schenkeln nimmt zu. Warum spukt der Kerl ständig in meinem Kopf herum? Er will nichts von mir, möchte bloß seine Ruhe. Ich sollte ihn endlich vergessen.

***

Ich habe mich bereiterklärt, den Abwasch zu übernehmen, und trockne vor dem geöffneten Fenster die letzten Teller ab, als Nates Stimme von draußen hereinweht. Nebenan hat er ein Arbeitszimmer und anscheinend sein Fenster ebenfalls nicht geschlossen. Er klingt ein wenig aufgebracht, was auch der Grund ist, warum ich meine Lauscher aufstelle.

»Könnt ihr bei Montabon vorbeisehen?«, fragt er.

Ich glaube, er telefoniert, und ich wüsste zu gerne, mit wem.

»Ja, heute Nacht. Schaut euch um, vielleicht fällt euch etwas Seltsames auf. Kommt vorher, wenn es ganz dunkel ist, zu mir. Ich muss euch noch etwas sagen, das ich nicht über das Telefon machen möchte. Bis dann!«

Mein Herz rast. Unser Alpha setzt jemanden auf Gabriel an? Vertraut er meinem Urteil nicht mehr? Und was kann er den anderen nicht am Telefon mitteilen?

Ich bin versucht, zu ihm zu gehen, stattdessen schleiche ich in mein Zimmer. Ich werde heute Nacht ebenfalls bei Gabriels Haus sein, denn ich will unbedingt wissen, was Nate vorhat.

Und ich verspüre den Drang, Gabriel beschützen zu müssen. Ausgerechnet vor Nate, unserem Alpha. Ich habe ihm immer bedingungslos vertraut, daher fühle ich mich verwirrt und hin und her gerissen. Hat Gabriel mich verhext?

Nein, offenbar bin ich schwer in ihn verliebt. Verdammt.

Kapitel 5 – Angriff

Der Tag schien nicht zu vergehen. Stundenlang bin ich in Wolfsgestalt durch die Wälder gerannt, mehrmals an Gabriels Haus
vorbeigelaufen. Ich wollte nicht bewusst in seiner Nähe sein,
dennoch hat es mich immer wieder zu seinem Grundstück gezogen. Ich konnte nichts Verdächtiges feststellen, außer, dass er
einmal mit seinem Wagen unterwegs war und mit einer großen
Tüte zurückkam, die den Aufdruck vom Supermarkt der Nach-
barstadt trägt. Er kauft also weiterhin nicht in Mr. Wesdons Laden ein. Vielleicht hat er doch etwas zu verbergen?

Wenn ich darüber nachdenke, fühlt sich mein Hirn wie Watte
an. Wahrscheinlich fehlt mir Schlaf.

Ruhelos marschiere ich in meinem dunklen Zimmer vor dem
geöffneten Fenster hin und her. Die Sonne ist längst unterge-
gangen und es ist bereits zehn Uhr. Ich trage nur ein dünnes
Sommerkleid, weil es immer noch warm ist und ich mich im
Notfall schnell verwandeln kann. Die Hitze, die sich tagsüber auf
dem sandigen Hof gestaut hat, wabert in mein Reich. Wenn ich
es mir so ansehe, wirkt es recht ärmlich. Außer meinem Bett, einem Schreibtisch und dem Kleiderschrank gibt es nicht viele
Möbel – bis auf riesige Regalwände, weil ich ein Faible für Bücher
habe. Da der Platz bald nicht mehr reicht, bin ich auf E-Books
umgestiegen.

Das Badezimmer teile ich mir mit den Zwillingen, früher auch
mit Cassy, aber die wohnt nun im Südflügel der Farm bei Zac.
Ein eigenes Badezimmer – das geht mir neben einem Mann
auch noch hier ab.

Aber ich bin nicht arm, nur genügsam, und habe mittlerweile
einen ordentlichen Batzen gespart. Ein eigenes Auto brauche ich
auch nicht, viel Miete muss ich nicht beisteuern … Vielleicht
sollte ich doch nach New York ziehen. Cops werden dort immer
gesucht, und Veronica würde sich freuen.

Wo bleiben Nate und die Leute, mit denen er sich treffen
wollte? Ich halte diese Warterei bald nicht mehr aus!

Als plötzlich mein Name ins Zimmer weht wie ein kaum hörbares Wispern, stolpere ich fast über meine Füße. Habe ich mir das eingebildet?

Schnell verberge ich mich hinter dem Fensterrahmen und luge über den Hof. Der Mond erhellt die Kiesel sowie das Farmgelände, und mir stockt der Atem. Neben der Scheune steht eine große, schlanke Gestalt. Sie winkt mir, dann verschwindet sie dahinter.

Oh Gott, halluziniere ich? Das war Gabriel, eindeutig!

Obwohl er dunkle Kleidung trägt und beinahe mit der Umgebung verschmilzt, habe ich ihn sofort an den langen Beinen, den breiten Schultern und dem unwiderstehlichen Lächeln erkannt.

Spinne ich oder ist er wirklich hier? Falls ja, ergibt das keinen Sinn.

Da meine Neugier zu groß ist, schleiche ich aus dem Haus und husche barfuß über den Hof, wobei ich mich ständig umsehe. In Nates Arbeitszimmer brennt Licht, und Schatten bewegen sich hinter den Vorhängen. Er ist nicht allein. Ob die Leute, die er engagiert hat, schon bei ihm sind?

»Gabriel?«, flüstere ich, während ich hinter die Scheune trete.

Für den Bruchteil einer Sekunde blicke ich ihn an und er grinst zurück, die Daumen lässig in den Hosentaschen eingehakt, bevor er wie ein Pfeil auf mich zugeschossen kommt. Er reißt mich an seinen Körper, umarmt mich fest und seine wunderbar weichen Lippen pressen sich auf meinen Mund.

Mir bleibt keine Zeit, vor Überraschung zu schreien. Als würde ich ferngesteuert, lege ich ebenfalls die Arme um ihn und schmelze dahin. Das muss wieder einer dieser erotischen Träume sein.

»Ich habe dich vermisst, *chérie*«, murmelt er und schaut mir tief in die Augen. Im Mondlicht leuchten seine Iriden wie Aquamarine oder blassblauer Achat. »Ich war beim Einkaufen oder hab den ganzen Tag geschrieben, um mich davon abzuhalten, zu dir zu kommen. Aber ich musste dich sehen.«

Schlagartig verschwindet dieses nebelartige Gefühl in meinem Kopf und alles ist wieder präsent: seine Erweckung, unsere Gespräche, der Sex.

Sein Anhänger drückt sich durch den Stoff seines Hemdes gegen meine Brust. Er sorgt dafür, dass ich ihn nicht als Vampir wahrnehmen kann. Oh Gott, Nate hatte recht mir nicht zu glauben. Er muss geahnt haben, dass Gabriel mich und die Zwillinge bezirzt hat, weil wir uns an gewisse Dinge nicht erinnern konnten. Wir waren bei ihm im Haus! Ich lag in seinem Bett! Wir … Oh mein Gott!

Plötzlich kommt mir Burts Tod vor vielen Jahren in den Sinn. Der Mord an Nates Vater ist bis heute unaufgeklärt. Angeblich soll ein Jäger ihn erschossen haben, aber man hat weder eine Tatwaffe noch den Mörder jemals gefunden. Am Tatort waren keinerlei Spuren, keine Gerüche. Ob Vampire Burt getötet haben? Was, wenn es Gabriel war?

Sofort weiche ich vor ihm zurück. »Hast du den Bann von mir genommen?«

»Ja. Ich wollte, dass du dich an unseren Sex erinnerst.«

»Warum? Damit du gleich wieder über mich herfallen und mir danach die Erinnerung daran nehmen kannst?«

Kopfschüttelnd fährt er sich durchs Haar. »Ja … Nein! Die Erweckung hat mich aus dem Lot gebracht.«

Ich bin doch kein Roboter, den man an- und ausschalten kann! »W-warst du heute Morgen bei mir? In meinem Bett?«

Er grinst verrucht. »Hast du von mir geträumt, *chérie*?«

»Gabriel!«, zische ich und er wird ernst.

»Nein, das wäre zu gefährlich. Ich bin ja nicht lebensmüde. Wenn ich mich nicht so stark nach dir sehnen würde, wäre ich auch nicht hergekommen. Ich muss ständig an dich denken, dabei habe ich doch eine Aufgabe zu erledigen.«

»Jemanden zu töten?« Ich atme schwer, vor Wut, Angst und Erregung gleichermaßen. Was stellt dieser Kerl bloß mit mir an? »Hast du Burt Porter umgebracht?«

»Scht, sprich leise.« Er wirft einen Blick über die Schulter, doch hinter ihm liegt nur der nachtschwarze Wald. »Ich habe ihn nicht getötet, das schwöre ich dir. Ich war zu der Zeit in Paris.«

»Dann eben jemand von deiner Organisation!« Immer mehr Details aus seinem Leben fallen mir ein.

Aufkeuchend drückt er mich an den Schultern zurück gegen die Wand der Scheune. »Woher weißt du von der Organisation? Ich habe sie dir gegenüber nie erwähnt!«

Verdammt, er hat recht. Woher weiß ich dann, dass er für irgendeine geheime Vereinigung tätig ist, wenn ich auch nicht weiß, was er genau tut? »I-ich … habe keine Ahnung.«

»*Merde*!« Er lässt mich los und ballt die Hände zu Fäusten. »Unsere Verbindung wird stärker. Ich hätte nicht kommen sollen.«

»Nein, hättest du nicht.« Jede meiner Adern pocht vor Zorn. »Du wolltest nur wieder deinen Spaß haben und dann abhauen. Du bist widerlich, Gabriel.«

»Und du hast Geheimnisse vor mir!« Er legt die Hände an meine Schläfen und starrt mir fest in die Augen. »Dein Alpha schickt Spürhunde zu mir? Erzähl!«

»Raus aus meinem Kopf!« Ich mache mich von ihm los und entferne mich ein paar Schritte von ihm. Ich fühle, dass er mir nichts Böses will, dennoch bin ich wütend. Er kann mich nicht wie einen Wegwerfartikel behandeln. »Ich habe dir gar nichts zu sagen. Ist ja nicht so, als wären wir verheiratet, *chérie*!« Das letzte Wort spucke ich ihm entgegen.

»Ich kann ja verstehen, dass du sauer bist …« Er senkt die Stimme, als würde er mich damit besänftigen wollen. »… und dass du ängstlich bist und mir nicht traust. Aber ich tue das alles zu deinem Schutz.«

Mit verschränkten Armen lehne ich mich gegen die Scheune und seufze resigniert. »Warum ist das mit uns nur so verflucht kompliziert?«

»Kompliziert?« Schmunzelnd hebt er die Brauen. »Mit einer Morgenlatte zu pinkeln ist kompliziert.«

»Danke schön, jetzt hab ich Bilder im Kopf, die ich nicht sehen wollte.« Obwohl ich noch wütend bin, muss ich über seinen

Kommentar lächeln. Humor besitzt der Kerl wenigstens, und meine Neugier ist geweckt. »Vampire müssen aufs Klo?«

»Ja, das ist einer der Nachteile, wenn der Kreislauf wieder funktioniert. Nun sind auch andere Gelüste erwacht, die Lust auf Alkohol, zum Beispiel. Ich habe mir früher gerne einen guten Wein genehmigt.« Wieder reibt er sich über das Nasenbein, kneift die Lider zusammen und murmelt: »Glaube ich zumindest. Deshalb habe ich mich heute mit Wein eingedeckt.«

Ob er also Flaschen in seiner Einkaufstüte hatte? »Du kannst nun auch etwas anderes als Blut zu dir nehmen? Wie ein saftiges, halb rohes Steak?«

Erneut schmunzelt er. »Nur Flüssigkeiten.«

Plötzlich reißt er den Kopf herum und hält ihn leicht schräg. Da höre ich drei Männerstimmen, eine davon gehört Nate.

»Ich muss los, den Spürhunden den braven Schriftsteller vorspielen. Bis später!« Gabriel drückt mir einen feurigen Kuss auf die Lippen und ... ist verschwunden. Er kann sich verdammt schnell bewegen. Als hätte er sich in Luft aufgelöst!

Bis später?, denke ich, noch völlig durcheinander von dem, was eben geschehen ist. *Das kannst du dir abschminken. Ich bin doch nicht dein Spielzeug.*

Ich will zu Nate und den anderen gehen, als mir bewusst wird, dass mir Gabriel sämtliche Erinnerungen gelassen hat. Warum hat er das getan? Hatte er keine Zeit, mich zu manipulieren, oder vertraut er mir? Oder liegt es an seiner Vergesslichkeit?

Super, ausgerechnet ich kenne einen Tageslichtvampir mit Amnesie, der auch noch mein Gefährte sein soll. Wenn das mal nicht verrückt ist.

Hatte ich denselben Gedanken nicht schon einmal?

Verfluchter Daywalker! Du wirst mich nie wieder bezirzen! In meinem Kopf dreht sich alles.

Vorsichtig luge ich am Gebäude vorbei und sehe Nate und zwei andere Männer im Hof stehen. Sie sind jünger als unser Alpha und nackt, während Nate angezogen ist. Sie unterhalten sich leise. Ich kann die dunkelhaarigen Besucher dank des Mondlichts sofort identifizieren; es sind Wayne und Caleb, zwei Brüder, die in der Nähe wohnen und seit wenigen Monaten zum Rudel gehören.

»Du vermutest also«, sagt Caleb zu Nate, »dass Montabon ein Vampir ist?«

»Oder ein Dämon«, antwortet er. »Schließlich hat er sich tagsüber bewegt, was nicht auf einen Vampir hindeuten kann. Doch irgendwas stimmt mit dem Kerl nicht. Man kann nichts von ihm riechen, er scheint keine Spuren zu hinterlassen, und Tia, Tara und Beth hatten Wissenslücken, als wären sie bezirzt worden.«

Ja, er ist ein Vampir, aber einer von den guten, bestimmt!, möchte ich ihnen zurufen, bin jedoch wie gelähmt und vor allem: hin und her gerissen. Da ich mich an alles erinnern kann, könnte ich meinem Alpha jetzt sämtliche Details über Gabriel erzählen. Andererseits hat Gabriel gemeint, er will uns schützen und ich weiß ohnehin schon zu viel. Also sollte ich Nate lieber nichts sagen.

Verdammt, in meinem Kopf purzelt alles durcheinander! Dazu kommt, dass ich das starke Gefühl habe, Gabriel verteidigen und mich komplett auf seine Seite stellen zu müssen. Das hat sicher auch wieder etwas mit der Gefährtensache zu tun, obwohl wir beide nicht richtig miteinander verbunden sind. Zumindest ich nicht mit ihm. Dieses Sehnen danach wird jedoch von Minute zu Minute stärker. Ewig habe ich von diesem mysteriösen Mann geträumt, und jetzt, da er wahrhaftig existiert, will ich ihn mit jeder Faser meines Seins, obwohl ich ihn hassen sollte, diesen Vampirmacho.

»Passt auf euch auf.« Nate klopft den Brüdern auf den Rücken. »Wenn euch irgendwas verdächtig erscheint, kommt sofort zu mir. Setzt euch keiner Gefahr aus.«

Wayne nickt. »Wird schon nichts sein, Beth hat ein gutes Gespür.«

Danke, Schnucki. Doch diesmal hat Nate recht.

Die beiden jungen Männer verwandeln sich in Wölfe, und ihr dunkles Fell verschmilzt mit der Umgebung. Sie laufen in den

Wald, während Nate ins Haus zurückgeht.

Als die Tür zugefallen ist, schlüpfe ich flink aus meinem Kleid, lasse es hinter der Scheune auf den Boden fallen und verwandle mich ebenfalls. Da ich oft switche, weil ich es liebe, als Wolf durch die Wälder zu streifen, dauert die Gestaltänderung nur Sekunden. Meine Sehnen und Knochen haben sich an die ständige Verformung gewöhnt und tun längst nicht mehr weh.

Ich unterdrücke ein erregtes Bellen und sprinte den Brüdern hinterher, immer ihren Geruch in der Nase und vor Augen. Die bunten Bänder ihrer Duftspuren schlängeln sich zwischen den Bäumen hindurch. Das von Caleb ist gelblich, das von Wayne blau. Dabei halte ich genügend Abstand, damit sie mich nicht bemerken. Zum Glück steht der Wind günstig.

Ich halte mich in der Nähe von Gabriels Haus im Wald verborgen, während Wayne und Caleb sein Auto beschnüffeln und bis zum Gebäude tapsen, um auch dort an allen Ecken und Enden zu riechen.

Licht brennt hinter den Fenstern, doch Gabriel kann ich nicht erkennen, da die Vorhänge zugezogen sind. Mich beschleicht ohnehin das Gefühl, dass er nicht im Haus ist. Ich fühle mich beobachtet und meine Nackenhaare stellen sich auf.

Es ist dunkel auf dem Wendeplatz, auf dem der Escalade parkt. Der Mond steht tief, und sein mattes Licht durchdringt kaum das Blätterdach der Bäume, die bis zum Haus reichen.

Meine Nervosität steigt und mein Herz klopft fest gegen den Brustkorb. Obwohl ich keine Gefahr wittern kann, schlägt mein Verstand Alarm. Ich kann die Bedrohung beinahe greifen, sie hängt wie schwerer Morgennebel in der Luft.

Kommt schon, Jungs, lauft nach Hause!

Auf einmal legt Caleb die Ohren an und winselt kaum hörbar. Alarmiert ducke ich mich tiefer ins Gebüsch, mein Puls rast; irgendetwas stimmt nicht! Gabriel wird ihnen doch nichts tun? Wo ist er bloß, verdammt?

Wayne läuft zu seinem Bruder, als plötzlich zwei große Gestalten in schwarzer Kleidung von beiden Seiten des Hauses auf sie zugeschossen kommen. Eine von ihnen hat langes blondes Haar, die andere eine Glatze. Es sind zwei Männer in Mänteln. Da der Wind die Gerüche immer noch in meine Richtung trägt, weiß ich sofort, dass das keine Menschen oder Wandler sind. Ich nehme das fremde Blut in ihnen wahr. Vampire!

Verdammt, noch mehr Blutsauger in Norwich?

Jeder dieser Kerle stürzt mit gefletschten Fängen auf einen der Brüder zu, packt ihn am Fell und schleudert ihn gegen die Hauswand.

Nun hält mich nichts mehr an meinem Platz. Knurrend verlasse ich die Deckung und springe in den Hof, während Caleb und Wayne jaulend aufstehen und ihre Rücken wölben. Sie haben Angst und das zu Recht. Die beiden Vampire scheinen alt und mächtig zu sein, so schnell und stark wie sie sind, außerdem ziehen sie lange Klingen unter ihren Mänteln hervor. Des Weiteren hält einer von ihnen eine Hundeleine in der Hand. Als sie mich sehen, grinsen sie bloß.

»Echt jetzt?«, sagt der mit den blonden Haaren überheblich. »Ihr habt keine Chance, ihr Flohschleudern. Ergebt euch und euch wird nichts geschehen.«

Wir drei Wandler knurren die Vampire an. Sollte mir einer zu nahe kommen, werde ich ihm die Kehle zerfetzen.

»Die Einzigen, die sich ergeben werden, seid ihr!« Wie aus dem Nichts taucht Gabriel von oben auf und landet hinter den Vampiren, als wäre er direkt vom Dach gesprungen. »Lasst die Wölfe in Ruhe.«

Ich drehe meine Ohren nach vorne und richte den Schwanz auf. Damit zeige ich den jungen Wandlern, dass sie mir das Feld überlassen sollen. Sie wissen, was sie in einer solchen Situation zu tun haben und sprinten davon, um Nate zu benachrichtigen.

»Verdammt!«, ruft Blondie und jagt Wayne und Caleb mit gezücktem Messer blitzartig hinterher.

Gabriel stürzt auf mich zu, hebt mich in seine Arme, und Sekunden später finde ich mich mitten im Wald in einem Gebüsch wieder. »Versteck dich hier!«

Benommen schüttle ich den Kopf und tapse verwirrt umher, wobei sich mein Fell in den Ästen verfängt. Mein Gleichgewichtsorgan hat den schnellen Ortswechsel noch nicht verarbeitet, und ich sehe die verschiedenen Duftspuren von Tieren, die im Wald leben, als bunte, ineinander verschlungene Bänder.

Was war das eben? Mein Hirn fühlt sich wie Brei an.

Als ich ein Jaulen höre, weiß ich sofort: Einer der Brüder ist in Gefahr!

Obwohl ich noch unsicher auf den Beinen bin, renne ich in die Richtung, aus der der Laut kam, und finde einen blutbesudelten Gabriel, der Blondies Kopf in der Hand hält. Dessen lange Strähnen hängen in das bleiche, starre Gesicht, Blut tropft auf den Boden; ich kann den metallischen Duft riechen. Gabriel hat den Vampir getötet!

Oh Gott, wie stark muss er sein, wenn er einem Mann den Kopf abreißen kann?

»Die Wölfe sind in Sicherheit, ihnen geht es gut«, sagt er kaum außer Atem. »Und jetzt verschwinde von hier, Beth!« Er wirft den Kopf neben den reglosen Körper und wischt sich die Hände an seiner schwarzen Hose ab.

Ich verwandle mich in einen Menschen, halte jedoch Abstand und frage ihn: »G-geht es dir gut?« Ich zittere, aber nicht, weil mir kalt ist. Gabriel ist verletzt! Der Vampir muss mit dem großen Messer auf ihn losgegangen sein, denn sein Hemd hängt ihm in Fetzen vom Körper.

Er nickt. »Verschwinde endlich!«

»U-und was machst du jetzt mit dem?« Mit einem bebenden Finger deute ich auf die zwei Körperteile des Vampirs. Ich habe bereits Tote gesehen, schließlich bin ich Polizistin, aber in unserer kleinen Stadt ist nie etwas wirklich Schlimmes passiert. Alte Menschen sind an Altersschwäche gestorben oder wegen eines Herzinfarktes zusammengebrochen, Farmer Pearce ist mit seinem Arm in einen Häcksler geraten und hat zum Glück überlebt, und wir haben eine Menge überfahrener Tiere – aber niemals einen kopflosen Vampir!

»Die Sonne wird ihn in ein paar Stunden rösten. Von ihm wird nichts übrig bleiben.«

»Okay.« Tief atme ich durch. Ich muss mich beruhigen.

Als sich plötzlich von hinten etwas um meinen Hals legt und ich kaum noch Luft bekomme, werde ich zurückgerissen und pralle gegen einen großen Körper.

»Hab ich dich!« Die laute Männerstimme hallt in meinen Ohren. Es ist der glatzköpfige Vampir!

»Sie gehört mir«, knurrt er, während ich versuche, die Finger um das Ding an meinem Hals zu krallen, doch es liegt dicht an meiner Haut auf. Ist das ein Seil? Nein, es ist die Leine!

Panisch ringe ich nach Atem und bin erleichtert, dass ich wieder Luft bekomme, wenn auch nur wenig.

Gabriel starrt uns mit aufgerissenen Augen an. Ich weiß, warum er nicht handelt, denn die Spitze einer großen Klinge ist auf mein Herz gerichtet. Sie pikt in meine Haut.

»Lass sie gehen.« Gabriel klingt gefasst, aber seine Wut schwappt in emotionalen Wellen zu uns, ich kann sie spüren.

»Fickst du die Wandlerin oder warum bist du so scharf auf sie?« Der Glatzkopf schabt mit der Klinge über meine Brüste, und mir wird schlecht vor Angst. »Sie ist heiß. Wenn ich nicht so eine Abneigung gegen dieses Ungeziefer hätte, würde ich sie mir glatt mal vornehmen.«

Ein furchterregendes Knurren steigt aus Gabriels Kehle, doch er hält weiterhin Abstand. Seine Hände ballen sich zu Fäusten, in seinen Augen funkelt Mordgier.

Ich will ihn anflehen, mich zu retten, aber kein Laut kommt über meine Lippen; die Furcht lähmt mich und ich vermute, auch dieses Halsband. Ich fühle mich wie betäubt. Soll mein Leben so enden? Hier und jetzt? Erstochen von einem Vampir?

»Lass sie gehen«, wiederholt Gabriel noch einmal langsam und deutlich. Mondlicht trifft auf sein hartes, aber wunderschönes Gesicht. Er hebt die Mundwinkel und seine Fänge spitzen hervor. So möchte ich ihn in Erinnerung behalten, bedrohlich und attraktiv. Meinen Gefährten.

Verdammt, Beth, du willst aufgeben? Du bist Cop! Du bist eine Kämpfernatur, sage ich mir, doch alles Animieren hilft nichts, ich fühle mich weiterhin wie gelähmt.

Der Vampir zerrt an der Leine, sodass ich gezwungen bin, rückwärts zu gehen. »Ich kann sie dir nicht überlassen, mein Herr braucht sie.«

Gabriel macht einen Schritt auf uns zu. »Warum braucht er gerade Beth?«

»Die hier oder einen anderen Zeckenteppich, das ist meinem Herrn egal. Und da du die anderen ja unbedingt retten musstest, glaubt eben deine Liebste daran.« Er kichert wie der Teufel persönlich, und eiskalte Schauder kriechen wie tausend Spinnenbeine über meinen Rücken.

Vielleicht träume ich ja nur?

Gabriel geht noch einen Schritt auf uns zu; dabei bemerke ich sein leichtes Wanken. »Wem dienst du?«

»Leck mich«, zischt der Vampir.

Erneut werde ich nach hinten gerissen, falle hin, und der Mistkerl zieht mich an der Leine über den Waldboden. Schnell drehe ich mich auf alle viere und krabble ihm hinterher, um nicht erwürgt zu werden, dabei zerkratzen Steinchen und abgebrochene Äste meine Knie und Handflächen.

Ich fühle mich zutiefst gedemütigt, nackt und wehrlos vor diesem Vampir, und versuche, mich in einen Wolf zu verwandeln – vergeblich. Es funktioniert nicht! Es muss an dem Halsband liegen, es scheint zu glühen und frisst sich tiefer in meine Haut.

»Gabriel, hilf mir«, wispere ich, da ich kaum sprechen kann, und werfe einen Blick über meine Schulter.

Er folgt uns mit finsterer Miene, wobei er stärker schwankt als zuvor. *Fehlt dir etwas?*, frage ich ihn gedanklich, in der Hoffnung, er könnte es irgendwie wahrnehmen. Ich rieche so viel Blut an ihm, dass ich nicht weiß, wie viel davon sein eigenes ist.

Er antwortet mir nicht, sieht mich nicht einmal an, stattdessen sagt er zu meinem Peiniger: »Ich werde sie dir nicht überlassen.«

»Das habe ich mir fast gedacht, obwohl du wirklich scheiße aussiehst, Kumpel.« Der Glatzkopf wickelt die Leine um einen Baum, wobei er Gabriel nie aus den Augen lässt. »Sergej hat dir ganz schön zugesetzt, was?«

Gabriel stößt ein verächtliches Knurren aus und zieht hinter seinem Rücken Sergejs großes Messer hervor. »Bringen wir es hinter uns!«

Als der Vampir mit gezückter Klinge auf ihn zuschießt, bewegt sich Gabriel genauso schnell zur Seite, sodass der Stich ins Leere geht. Die nächsten Sekunden erkenne ich kaum etwas, alles geht zu rasant für meine Augen. Hin und wieder sehe ich Gabriel, der irgendwo zwischen den Bäumen stehen bleibt und sich sofort wieder blitzartig wegbewegt, sobald der Glatzkopf um ihn herumwirbelt.

»Was hast du mit den Wölfen zu schaffen?«, fragt der Vampir.

Gabriel verpasst ihm einen Hieb in die Schulter. »Geht dich nichts an.«

»Und wo ist Alexei? Seit zwei Tagen ist er verschwunden.«

»Noch nie gehört«, erwidert Gabriel gerade, als ich ihn wieder erkennen kann. Er atmet schwer, und ein langer Schnitt, der quer über seine Wange geht, schließt sich langsam.

Auch der andere hat einiges einstecken müssen, dennoch mache ich mir Sorgen um Gabriel. Der Glatzkopf ist einfach schneller!

Kaum gedacht, schon zieht der Kerl ein weiteres Messer unter seinem Mantel hervor und schleudert es Gabriel in die Brust.

»Nein«, hauche ich. »Gabriel!« Oh Gott, der Vampir wird ihn töten!

»Bin okay!«, antwortet er und zieht die Klinge heraus.

Zum Glück hat der Glatzkopf das Herz verfehlt, denn Gabriel konnte sich gerade noch zur Seite drehen. Doch wie schwer ist er verwundet? Ich kenne mich mit Vampiren und ihren Selbstheilungskräften nicht aus. Mich würde solch eine Wunde mit Sicherheit töten, obwohl wir Wandler auch sehr schnell heilen, aber nicht innerhalb von Sekunden.

Während der Vampir eine neue Klinge aus einem seiner zahlreichen Holster reißt, versuche ich mich zu befreien. Der Mistkerl wird Gabriel noch umbringen, ich muss ihm helfen!

Meine Arme fühlen sich an, als würden sie eine Tonne wiegen, und ich weiß nicht, wie ich das Halsband öffnen kann. Sosehr ich mich anstrenge und sämtliche Willenskraft aufwende – meine Hände wollen nicht gehorchen.

Immer leiser werden die Kampfgeräusche, das Schnauben, Kichern und Klirren von Metall auf Metall, denn offenbar versucht Gabriel den anderen von mir wegzulocken. Ich weiß, warum. Nate und Zac sind hier! Zu beiden Seiten kriechen sie in ihrer Wolfsgestalt hinter Büschen hervor. Nate, der große schwarz-weiße Alpha, und sein Bruder, nicht weniger imposant, aber mit braunem Fell.

Gott sei Dank! Vor Erleichterung laufen mir Tränen über das Gesicht, während sich Nate in einen Menschen verwandelt. Er legt kurz den Finger an die Lippen, dann nestelt er an meiner Leine. Zac hält solange in Wolfsgestalt die Augen offen. Ich kann Gabriel und den Vampir in einiger Entfernung immer noch kämpfen hören, doch sehen kann ich sie nicht.

»Wie geht es Caleb und Wayne?«, frage ich leise, wobei Nate weiterhin versucht, mir diese verdammte Leine abzumachen.

»Sie sind okay.«

Als er es endlich geschafft hat, mich zu befreien, will ich sofort zu Gabriel, aber Nate hält meinen Arm fest. »Du gehst nie wieder in seine Nähe!«

»Ich muss ihm helfen!«

»Willst du dich aufschlitzen lassen? Hauen wir ab, sollen das die Blutsauger unter sich regeln, wir haben nichts mit ihnen zu schaffen.«

Zac knurrt leise, und es soll bedeuten: *Da gebe ich meinem Bruder recht.*

Ich kann Gabriel nicht seinem Schicksal überlassen. »Er ist Schriftsteller und kein Soldat!«

Nates Brauen ziehen sich zusammen. »Du glaubst ihm den Mist doch nicht etwa?«

»Ich glaube ihm. Er hat Caleb und Wayne gerettet. Außerdem ist er mein Gefährte!«

»Wie bitte?« Nate erstarrt. »Schlägt deshalb auch sein Herz?«

»Ja«, wispere ich.

Als ein Wutschrei durch den Wald hallt, fährt mir der Laut durch Mark und Bein. »Das war Gabriel!« Mein Puls klopft wie verrückt und ich stehe Todesängste aus. Es geht ihm schlecht, ich fühle es!

Irgendwie schaffe ich es, mich trotz Aufregung in einen Wolf zu verwandeln und der Blutspur zu folgen, die bestimmt eine Meile durch den Wald führt. Nate und Zac laufen mir hinterher, halten mich aber nicht auf, worüber ich sehr froh bin. Ich möchte mich nicht gegen mein Rudel stellen. Im Moment könnte mich auch nichts und niemand davon abhalten, Gabriel zur Hilfe zu eilen.

Als ich ihn auf einer Lichtung erblicke, gehe ich hinter einem Busch in Deckung und meine Adern gefrieren zu Eis. Blutüberströmt kniet er auf dem Boden und presst sich eine Hand seitlich auf den Hals. Ein tiefer Schnitt klafft darin, aus dem es ununterbrochen sprudelt, als hätte der Vampir vorgehabt, ihm den Kopf abzuschlagen.

In der anderen Hand hält Gabriel die Klinge, während sein Widersacher vor ihm steht und grinsend sagt: »Und jetzt hole ich mir dein Mädchen.« Er hebt das Messer – da springe ich ihn knurrend von der Seite an und reiße ihn zu Boden.

Ohne nachzudenken versenke ich die Fänge in seinem Hals und beiße ein großes Stück heraus. Bitteres Blut strömt in mein Maul, und ich spucke es aus, um erneut zuzubeißen, immer und immer wieder.

Da spüre ich einen Hieb und fliege davon – dieser Mistkerl hat mir in den Bauch geboxt! Während ich keuchend auf dem Rücken lande, breitet sich ein kaltes Brennen in meinem Magen aus.

»Glaubst du, du kannst mich aufhalten, Wölfin?« Der Vampir thront über mir und dreht die Klinge genüsslich in meinem Magen herum. Ein grausamer Schmerz explodiert in meinem Bauch, und ich registriere, dass das kein Hieb war – er hat mir das Messer hineingerammt!

Ich schnappe nach Luft, da der Schmerz übermächtig ist, doch ich kann nicht atmen. Stattdessen verwandele ich mich in einen Menschen. Ich weiß, das ist mein Ende. Bevor ein Wandler bewusstlos wird oder stirbt, nimmt er immer seine menschliche Gestalt an, ob er will oder nicht.

Nate und Zac springen den Vampir unentwegt an, aber er schleudert sie von sich, ohne sie auch nur anzusehen, indem er kräftige Hiebe mit dem Unterarm austeilt.

Er ist zu mächtig, zu stark.

Ich fühle, wie das Blut in Strömen aus mir läuft, außerdem kann ich es riechen, erdig und metallisch. Schwärze hüllt mich ein; wie aus weiter Ferne höre ich Nate und Zac knurren, gefolgt von einem schmerzerfüllten Schrei, der von Gabriel kommt.

Haben Nate und Zac ihn getötet?, überlege ich, als ich mich in den Schoß der Dunkelheit sinken lasse. *Ich komme zu dir, mein Gefährte, wir werden zusammen sein ...*

»Trink schon, verdammt, Beth!«

Heftiges Rütteln an meinen Schultern lässt mich aus der Schwärze auftauchen. Eine lauwarme Flüssigkeit läuft in meinen Mund, und ich schlucke automatisch, als sie in meine Kehle rinnt. Hitze breitet sich in meinem Magen aus und strömt von dort in alle Winkel meines Körpers; meine Schmerzen nehme ich nur noch als dumpfes Pochen wahr.

Himmel, was ist das? Es schmeckt köstlich, würzig und … nach Gabriel.

»Hör auf, du wandelst sie in einen Vampir!«, höre ich Nate schimpfen.

»Nein.« Gabriels Stimme, rau und leise. »Ich rette ihr das Leben. Sie wird kein Vampir; das würde ich ihr niemals antun. Mein Blut wird ihre Verletzungen schneller heilen.«

Sein Blut … Ich sauge gieriger, weil es mir mit jedem Schluck besser geht. Ich sehe fremde Bilder … Gabriel als jungen Mann, der einen Kopfsprung in einen eisigen See macht, um vor einem Mädchen anzugeben. Gabriel als Sportreporter, wie er ein klobiges Mikrofon umklammert und aufgeregt hineinspricht, während er ein Fußballspiel verfolgt. Und Gabriel, wie er in einer Bar mit anderen Männern feiert, Wein und Sekt trinkt und dabei eine schwarzhaarige Schönheit küsst. Ihr Name ist Alissa. Nach der Feier führt sie ihn zur hinteren Tür hinaus in einen dunklen Hof. Dort haben die beiden Sex und … Will ich das wirklich sehen?

Endlich schaffe ich es, meine bleischweren Lider zu heben, und blicke in Gabriels besorgtes Gesicht. Ich erkenne es kaum wieder, denn überall klebt Blut, seine Augen und Wangen wirken eingefallen, die Lippen sind trocken und aufgesprungen.

»Das reicht, ma chérie«, flüstert er und entzieht mir sein Handgelenk. Dann sackt er neben mir zusammen.

»Gabriel!« Ich drehe mich zu ihm auf die Seite, was mich sämtliche Kraftreserven kostet, und streiche über sein blasses, regloses Gesicht. »Was ist mit dir?«

Er antwortet nicht, hat seine Augen geschlossen.

Der geköpfte Vampir liegt in unserer Nähe, Nate und Zac stehen in Menschengestalt um uns herum.

Nate bückt sich und presst sein Ohr auf Gabriels Brust. »Sein Herz schlägt kaum noch. Sieht aus, als hätte er dir sein letztes Blut gegeben.«

Ich drücke Nate zur Seite und lausche selbst. »Was ist passiert?«

»Montabon hat dem Vampir den Kopf abgeschlagen, doch er hatte schon vorher zu viel Blut verloren. Die ... Blutspende hat ihm wohl den Rest gegeben.«

Zac brummt zustimmend. »Er hat dich gerettet.«

»A-aber er wird doch nicht sterben? Nicht ... *so*?« Ich erinnere mich daran, wie man einen Vampir zuverlässig töten kann, und schaue erneut auf den abgetrennten Schädel.

Nate zuckt mit den Schultern. »Ich habe keine Ahnung. Er scheint kein normaler Vampir zu sein.«

»Ja, er kann uns bezirzen«, wirft Zac ein. »Und fährt tagsüber Auto.«

Ich will kein Risiko eingehen, muss ihn retten! Daher fahre ich meine Fänge aus und beiße mir ins Handgelenk. Den Schmerz spüre ich kaum, da mein einziger Gedanke dem Mann gilt, der mein Leben bis zum Gehtnichtmehr verteidigt hat. Diese Vampire wollten mich entführen! Mich und die Brüder. Weiß Gott, was uns zugestoßen wäre, wenn Gabriel sie nicht aufgehalten hätte.

Genau wie er es zuvor bei mir getan hat, halte ich mein Handgelenk an seine Lippen und benetze sie mit meinem Blut. Seitdem ich von ihm getrunken habe, fühle ich eine tiefe Verbundenheit mit ihm und dass er an der Schwelle des Todes steht. Er bewegt sich nicht, öffnet nicht den Mund, also helfe ich nach, ziehe seine Unterlippe zurück und tropfe mein Blut auf seine Zähne.

Beth ..., höre ich seine Stimme leise in meinem Kopf. *Hör auf damit.*

»Niemals«, wispere ich. »Du darfst nicht sterben, das lasse ich nicht zu!«

Ich werde nicht von dir trinken, du hast zu viel Blut verloren.

»Du sturer Vampir, trink endlich!«

»Lass es, Beth, du bist noch zu schwach.« Nate zieht mich von ihm weg. »Außerdem wirst du ihn umbringen, unser Blut ist tödlich für ihn!«

»Nein«, sage ich unter Tränen. »Ist es nicht. Er hat bereits von mir getrunken, und jetzt weigert sich dieser Sturkopf!« Flehentlich blicke ich Nate an. »Bitte hilf mir.«

»Ach, verdammt«, murmelt er, dann beißt er sich selbst in den Unterarm und drückt ihn Gabriel an die Lippen.

Schon beginnt er zu saugen, erst schwach, bald stärker.

Ich zerre die Fetzen des Hemdes von seinem besudelten Körper und sehe, wie sich die tiefen Schnitte schließen, ohne Narben zu hinterlassen. Dabei rutscht das Artefakt von seiner Brust. Offenbar hat der Vampir mit der Klinge die Kette durchtrennt. Ich schließe es in meiner Faust ein, danach stecke ich es in Gabriels Hosentasche, weil ich weiß, dass es wertvoll ist und er es nicht verlieren darf.

Plötzlich weiß ich so vieles. Vor allem habe ich jetzt Gewissheit, dass er hier ist, um unser Rudel zu schützen. Er wollte uns nie etwas Böses.

»Danke«, wispere ich Nate unter Tränen zu.

»Ich tu das für dich, nicht für ihn.« Er schenkt mir einen finsteren Blick und reißt den Arm zurück, als Gabriel ihn packen will, um noch gieriger zu saugen. »Du hattest genug!«

Der metallene Blutgeruch ist übermächtig. Mein Magen zieht sich zusammen, und ich beherrsche mich, dass ich mich nicht übergebe.

Nate und Zac halten sich die Hand vor den Mund und weichen zurück. Sie riechen es auch intensiv, jetzt, wo das Artefakt keine Gerüche mehr verschleiert. Das Blut der Vampire, die zuvor von mehreren Menschen getrunken haben, klebt überall an Gabriel.

Kurz kommt mir in den Sinn, im Revier vorbeizusehen, ob in

der Gegend Todesfälle bekannt oder Personen vermisst sind. Doch ich vermute stark, dass die Vampire keine Aufmerksamkeit erregen wollten und aufgepasst haben.

»Beth!« Pfeilschnell setzt sich Gabriel auf und starrt mich an. Dann zieht er mich in die Arme, sodass ich auf ihm lande und er zurück auf den Waldboden sinkt.

So bleiben wir liegen, ich mit dem Kopf an seiner Brust, und lausche schluchzend seinem donnernden Herzschlag, während er über meinen nackten Rücken streichelt. Vergessen ist der Blutgeruch, vergessen all die Schmerzen. Ich bin überglücklich, dass er lebt.

Unsere Gedanken verschmelzen, scheinen sich zu verweben. Wir sind nun Gefährten, verbunden durch unser Blut. Ich kann es kaum glauben. Mein Mann ist ein Vampir.

Daywalker, denkt er neckend, und ich muss lächeln.

Kann ich dich nun immer in meinen Gedanken hören?

Nein, antwortet er. *Leider nicht. Nur solange unsere Bluts-verbindung frisch ist.*

Können wir die wiederholen?

So oft wir wollen, ma chérie.

Ich versuche, in ihn hineinzuhören, seine Gefühle für mich zu ergründen. Wie stark sind sie? Liebt er mich aufrichtig?

Ja, das tut er, sonst hätte er sich nicht geweigert, mein Blut zu nehmen.

Wer ist Steve?, fragt er mich.

Aha, er schnüffelt also auch in meinem Kopf herum, und ich spüre ein Aufflammen von Eifersucht seinerseits. *Er ist ein ehe-maliger Kollege, mit dem ich ein Verhältnis hatte. Das müsstest du doch wissen, schließlich durchforstest du gerade mein Hirn.*

Und ... Nate? Ernsthaft?

Das war eine einmalige Sache, Gabriel.

Sein Griff um meinen Rücken zieht sich zu. *Ich glaube, wir müssen öfter voneinander trinken. Du hast eine Menge Geheim-nisse vor mir.*

Ich? Schmunzelnd reibe ich meine Nase an seiner Brust. *DU bist doch der mit den Geheimnissen.* Am liebsten möchte ist sie sofort alle ergründen, doch das Gedankenausspionieren ist mir gerade zu anstrengend. Die Heilung hat mich geschafft, ich möchte nur noch ins Bett fallen.

Erst als hinter mir ein Räuspern ertönt, wird mir bewusst, dass Nate und Zac auch noch hier sind und dass wir mitten auf einem Tatort … mitten in einer Blutlache liegen!

Wir richten uns auf, und Gabriel nickt Nate zu. »Danke für alles.«

Mein Alpha knurrt bedrohlich. »Beth ist deinetwegen so schwer verletzt worden!«

»Glaubst du, das wollte ich?« Gabriel steht auf und zieht mich auf die Beine.

Nate baut sich vor ihm auf, die Hände vor der breiten Brust verschränkt. »Was suchst du überhaupt hier? Wir wollen keine Blutsauger in Norwich.«

»Ich bin geschickt worden, um auf euch aufzupassen, nicht, um jemandem Schaden zuzufügen!«

Nates Blick flackert. »Wir hatten noch nie Vampire hier, du hast sie mitgebracht!«

»Ihr standet längst unter ihrem Einfluss.« Gabriel seufzt. »Und sie hatten euch schon gefunden, lange bevor ich kam.«

»Was?« Nun tritt auch Zac näher und starrt Gabriel düster an.

»Er sagt die Wahrheit«, werfe ich ein. Ich weiß es einfach.

»Vielleicht sollten wir alle zu mir gehen.« Gabriel hebt mich auf seine Arme und drückt mich fest an sich. »Es wird Zeit, einiges zu erklären.«

***

Niemals hat eine Dusche besser getan.

Während Nate und Zac durch Gabriels Haus tigern, stehen wir gemeinsam unter den warmen Wasserstrahlen. Gabriel seift mich mehrmals gründlich ein und schrubbt mich ab, während ich dasselbe mit einem Schwamm bei ihm mache. Wir wollen keinen

Tropfen Vampirblut an uns zurücklassen. Ich wünschte bloß, ich könnte die grausamen Erinnerungen ebenfalls abwaschen.

Wir reden kein Wort, sondern lauschen Nate und Zac. Gabriel passt es nicht, dass sie jedes Zimmer durchsuchen, aber er sagt nichts dazu.

Ich höre, wie Nate seinen Bruder zur Farm zurückschickt, um alle zusammenzutrommeln. Niemand sollte heute Nacht allein sein, falls noch mehr Vampire kommen.

Gabriel schnaubt. »Bald weiß jeder, wer ich bin.«

»Nur das Rudel.« Sanft fahre ich mit dem Schwamm über seine Wangen. »Nate muss es schützen, das ist seine Pflicht.« Außerdem werden die anderen schon von Caleb und Wayne erfahren haben, was passiert ist.

Als Nate plötzlich ins Badezimmer platzt, schiebt Gabriel mich in der gläsernen Kabine hinter sich. »Hey, wir duschen!«

Nate geht nicht darauf ein. »Im Untergeschoss ist alles sauber. Wo geht es nach oben, Vampir?«

»Sein Name ist Gabriel«, sage ich schwach. Die Rivalität zwischen den beiden ist direkt greifbar.

Gabriel wischt die beschlagene Scheibe sauber und starrt Nate an. »Oben sind nur leere Räume, du wirst dort nichts finden.«

Ist er eben dabei, Nate zu bezirzen?

»Geh nach Hause zu deinem Bruder und dem Rudel. Beth braucht Ruhe. Sie ist bei mir in guten Händen; in dieses Haus kommt nichts Böses.«

Nates Kiefer mahlen, und ich weiß, dass er sich einen Kommentar verkneift. Er hat einen sehr ausgeprägten Beschützerinstinkt. »Wenn du ihr auch nur einen Kratzer …«

»Er wird mir nichts tun, Nate.«

Gabriel nickt Nate zu und sagt: »Ich werde mit dir über alles reden, wenn die Zeit gekommen ist. Das verspreche ich dir. Und jetzt raus hier!«

»Ich warte im Wohnzimmer«, sagt Nate und verlässt kopfschüttelnd das Badezimmer.

Offenbar hat die Gedankenmanipulation nicht richtig geklappt. »Nate hat einen starken Willen. Es ist schwer, zu ihm durchzudringen, was?«

»Das beschlagene Glas ist daran Schuld«, murmelt Gabriel verschnupft, und ich unterdrücke ein Grinsen.

Zwei Alphamänner unter einem Dach – da prallen zwei testosterongesteuerte Kraftpakete aufeinander. Zwischen Nate und seinem Bruder Zac kommt es auch hin und wieder zu Spannungen, auch wenn sie sich heute besser verstehen als noch vor ein paar Monaten. Doch zwischen Nate und Gabriel fliegen förmlich Funken. Ich kann meinem Rudelführer nachfühlen, wie schwer es für ihn sein muss, mich mit einem Vampir zurückzulassen. Sie sind eben unsere Feinde, gelten als hinterhältig und hochgefährlich. Gabriel hat ihm zwar schon bewiesen, dass er keine Bedrohung für uns darstellt, trotzdem – alte Strukturen lassen sich nicht einfach aufbrechen.

»Ist unser Rudel in Gefahr?«, frage ich Gabriel und stelle das Wasser ab.

Er zuckt mit den Schultern. »Ich glaube nicht, dass heute noch etwas passiert. Die Nacht dauert nicht mehr lange und ich habe keine weiteren Vampire in der Nähe gewittert. Doch das Rudel sollte auf der Hut sein. Es gefällt mir nicht, was passiert ist.« Stirnrunzelnd schielt er zur geschlossenen Tür. »Drängt sich Nate immer in die Privatsphäre anderer?«

Ich lächle. »Wir sind Wandler und daran gewöhnt, uns nackt zu begegnen. Ist für uns ganz natürlich.« Gabriel gefällt es nicht, dass ich den Mann, mit dem ich einmal Sex hatte, öfter unbekleidet sehe. Dazu brauche ich nicht einmal in seinen Gedanken zu schnüffeln.

Wir steigen aus der Kabine, und er wickelt mich in einen viel zu großen, kuschlig weichen Frotteebademantel. »Morgen wirst du zu mir ziehen.«

»Keine Einwände«, antworte ich grinsend und gebe ihm einen tiefen Kuss.

***

»Beth ist hier wirklich sicher?«, fragt Nate sofort, als wir ins Wohnzimmer kommen. Nackt sitzt er auf der Ledercouch, einen Arm lässig auf der Rückenlehne abgestützt, als wäre er bei sich zu Hause und würde sich nicht im Adamskostüm vor einem Fremden präsentieren.

»Absolut sicher.« Gabriel, der sich eine Jogginghose übergezogen hat, setzt sich auf den Sessel gegenüber und zieht mich auf seinen Schoß. Argwöhnisch starrt er Nate an. *Muss der sich mit seinem nackten Hintern auf meine Couch pflanzen? Jetzt werde ich das Ding verbrennen müssen.*

Seit ich mit Gabriel verbunden bin, spüre ich eine unterschwellige Abneigung, die er gegen unsere Art hat, auch wenn ihm das selbst vielleicht nicht bewusst ist. Klar, diese Feindschaft zwischen Wolfswandlern und Vampiren lässt sich über Jahrhunderte zurückverfolgen und nicht so einfach auslöschen, trotzdem tut sie mir weh. Doch da ist noch etwas anderes, ein dunkler Fleck in seinen hintersten Gehirnwindungen, den ich nicht durchdringen kann. Etwas Düsteres verbirgt sich dort.

Nate kommt gleich zur Sache. »Was waren das für Vampire und was wollten sie hier?«

»Das waren ausgebildete Elitekämpfer, vielleicht die Leibwache oder Lakaien eines Vampirfürsten«, erklärt ihm Gabriel.

»Fürst?« Nate runzelt die Stirn. »Welches Interesse hätten sie an unserer Art, außer uns zu töten?«

»Das versuche ich herauszufinden, seit ich hier bin. Leider ist es mir bisher nicht gelungen.«

Nate beugt sich vor. »Was weißt du?«

»Du wirst es beizeiten erfahren«, sagt Gabriel langsam und eindringlich, während er Nate intensiv anstarrt. Erneut fühle ich, dass er Nate bezirzt.

Auch mich interessiert, was Gabriel meint, doch ich bin zu aufgeregt, um in seinem Kopf nach Antworten zu suchen. Außerdem will ich nichts von diesem Gespräch verpassen.

»Kurz bevor ich Caleb und seinen Bruder zu dir geschickt habe«, sagt Nate, »bekam ich einen Anruf von Mrs. Buttermaker. Sie und ihr Mann gehören unserem Rudel an, leben aber weiter weg und können nicht immer zu unseren Versammlungen kommen, da sie schon sehr alt sind. Sie sagt, dass ihr Mann seit einem Tag verschwunden ist. Er kam von einem Lauf im Wald nicht mehr zurück. Haben die Vampire etwas damit zu tun?«

Gabriel nickt. »Möglich.«

»Ich habe zwei meiner Männer zu ihr geschickt, um nach Spuren zu suchen.«

Ich kenne Mr. und Mrs. Buttermaker gut, nicht nur von unseren seltenen Zusammenkünften. Mit dem Dienstwagen fahre ich einmal in der Woche zu dem Paar raus, um nach dem Rechten zu sehen. »Ich werde gleich morgen Früh mithelfen.«

»Nein!«, sagen Gabriel und Nate gleichzeitig.

Gabriel legt seinen Arm fest um mich. »Du weichst nicht von meiner Seite oder bleibst im Haus, solange nicht geklärt ist, was hier gerade läuft.«

»Aber …«

Nates scharfem Blick entnehme ich, dass er sich ausnahmsweise auf Gabriels Seite gestellt hat.

»Okay, ich bleibe im Haus. Dann muss mir aber irgendjemand meine Sachen bringen.« Dann kann ich hier schon einmal für eine weibliche Note sorgen und mir überlegen, wie ich die einzelnen Räume gestalte. Aktuell sieht es in großen Teilen des Hauses recht kahl und ungemütlich aus. »Und was zu essen brauche ich auch.«

Himmel, ich werde in diesem Traumhaus wohnen, zusammen mit meinem Traummann!

Gabriel grinst schief. »Ich besorge dir, was du willst, chérie.«

Er ist zuvorkommend wie immer, doch ich fühle seine leichte Panik. Seine Bindungsängste sind nach wie vor da und scheinen sogar stärker zu sein als sonst. Weil es jetzt kein Zurück mehr gibt?

Ich hatte ihn ja schon einmal gefragt, warum er vor einer Bindung Angst hat. Seine Antwort lautete: *Ich weiß es nicht. Wenn ich darüber nachdenke, bekomme ich Kopfweh. Ich weiß nur, dass ich keine feste Partnerschaft will.*

Ihm fehlen fünf Jahre … Sobald ich ausgeschlafen habe, werde ich auf die Suche gehen. Ich bin mir sicher, dass an diesem düsteren Ort in seinem Kopf alle Antworten liegen.

Du wirst gar nichts, chérie, höre ich ihn.

Mist, ich habe vergessen, dass er auch weiß, was in meinem Kopf vorgeht.

Morgen hat unser Bluttransfer keine mentalen Auswirkungen mehr und ich habe endlich wieder ein bisschen Privatsphäre zurück. Schelmisch grinst er mich an.

Ich lächle zurück. *Oh nein, so einfach mache ich es dir nicht, Partner.* Es ist ziemlich unfair, dass er als Vampir auch ohne Blutaustausch an meine Gedanken kommt. Wird das ein Problem für unsere Beziehung?

Das sind jedoch nicht meine einzigen Ängste. *Du wirst ewig jung bleiben und ich …*

»Wir bekommen das hin«, sagt er leise und fasst an mein Kinn. »Versprochen.«

Ich fühle, dass er gegen seine Ängste ankämpft, weil er sie überwinden will. Mir zuliebe. Uns zuliebe. Weil ich ihm wirklich etwas bedeute.

Das treibt mir eine Träne in den Augenwinkel, und ich wispere: »Okay.«

Wie wird es sein, mit einem Daywalker zusammenzuleben? Himmel, Nate weiß ja noch gar nicht, dass Gabriel etwas Besonderes ist! Nur dass er anders ist.

Nate räuspert sich; der Zauber ist gebrochen. »Und keiner von diesen Irren kann hereinkommen?«

Gabriel schüttelt den Kopf. »Nur, wenn ich sie hereinbitte. Oder du«, sagt er zu mir. »Mein Haus ist jetzt auch dein Haus.«

Seine Worte erfüllen mich mit Stolz.

»Dann sind die Mythen also wahr?«, fragt Nate. »Dass ein Vampir bloß ein Haus betreten kann, wenn er hereingebeten wird?«

Gabriel nickt. »Des Weiteren ist mein Haus besonders geschützt, durch Magie und Kristalle, die in den Wänden verbaut sind. Weder Dämonen noch Vampire können einfach hinein.«

Dämonen ... Welche Wesen existieren noch, von denen ich nichts weiß?

Viele Beth. Ernst sieht er mich an. *Ich arbeite für eine Organisation, die dafür sorgt, dass sich diese Wesen untereinander benehmen und an die Regeln halten. Die Menschen dürfen nicht wissen, dass es uns gibt.*

Ich weiß. Sie würden schreckliche Dinge mit uns anstellen, Krieg gegen uns führen.

Er nickt erneut und sagt laut: »Dabei sind wir schon damit beschäftigt, uns untereinander zu bekriegen.«

Nate kratzt sich an der Schläfe und schaut Gabriel stirnrunzelnd an. »Hast du etwas mit dem Tod meines Vater zu tun?«

»Nein.«

Ich nicke. »Er sagt die Wahrheit.«

Arrogant hebt Gabriel eine Braue. »Danke, mein Lügendetektor.«

»Gern geschehen«, antworte ich überheblich und lächle.

Nate lässt uns keine Zeit, um uns zu necken, sondern stellt gleich die nächste Frage. »Wie ernährst du dich?«

»Ich genehmige mir im Nachbarort ein paar Schlucke, um nicht aufzufallen.«

»Und du kaufst auch dort im Supermarkt ein, selten in Mr. Wesdons Laden.«

Schulterzuckend meint er: »Na wenn ich schon mal da bin.«

»Wie kannst du dich tagsüber draußen aufhalten?« Nun kommt Nate doch auf das heikle Thema zu sprechen. »Ich habe eine Menge Sunblocker in deinem Badezimmer entdeckt. Kannst du dich damit vor UV-Strahlung schützen?«

»Sonne kann mich nicht töten, zumindest nicht so schnell wie normale Vampire – bei denen Sunblocker keine Wirkung zeigt, übrigens. Ich bin ein Daywalker. Das ist wohl auch der Grund, warum mir Beths Blut nichts ausmacht.«

Zwischen Nates Brauen bilden sich zwei tiefe Falten. »Ein … was?«

»Nichts, vergiss es und erzähle deinem Rudel die Version mit dem Sunblocker. Sie dürfen dieses Wissen auf keinen Fall weitergeben! Falls sich das unter den Vampiren herumspricht …«

»Okay«, antwortet Nate monoton, und ich höre Gabriels Lachen in meinem Kopf.

Hui, du hast seine Mauern durchbrochen, Respekt, necke ich ihn, woraufhin er mich in den Po zwickt.

»Dann hast du auch nichts mit Mr. Buttermakers Verschwinden zu tun?«, will Nate wissen.

»Nein«, antwortet Gabriel gedehnt und sieht mich augenrollend an. *Mann, der Kerl geht mir vielleicht auf den Sack.*

»Er sagt die Wahrheit, Nate. Ich bin schließlich mit ihm verbunden.« Wie lange wollen wir jetzt noch auf diesem Thema herumreiten? Langsam wird es mir ebenfalls zu viel. Ich möchte nur noch schlafen.

Nate schnaubt. »Und woher weiß ich, dass er dich nicht manipuliert hat?«

»Ich kann Beth nicht mehr bezirzen«, erklärt Gabriel. »Durch die Besiegelung unserer Verbindung ist das nicht mehr möglich. Mein Blut fließt in ihr.«

Nate starrt ihn eine Weile intensiv an, dann nickt er. »Davon habe ich gehört.«

Erleichtert atme ich auf. Damit wäre das Vertrauensthema wohl endgültig vom Tisch.

»Warum bist du in dieses Kaff gekommen?«, fragt Nate.

Ich hab darauf echt keine Lust mehr, denkt Gabriel und antwortet: »Weil ich einen ruhigen Ort zum Schreiben gesucht habe.« *Und wegen anderer Dinge, die du noch nicht zu wissen brauchst.* »Können wir jetzt zu Bett gehen? Beth muss sich erholen.«

»Natürlich.« Nate erhebt sich, und Gabriel und ich begleiten ihn bis zur Haustür. »Sagst du mir Bescheid, sobald es etwas Neues gibt?«

»Mach ich.« Gabriel lässt ihn hinaus, und ich sehe noch, wie Nate sich in einen Wolf verwandelt, bevor die Tür ins Schloss fällt.

»Wegen welcher anderen Dinge bist du hier?«, möchte ich von Gabriel wissen, während er mich an der Hand ins Schlafzimmer zieht. »Ich könnte ja *nachsehen*, aber ich bin gerade zu müde.«

Ein sanftes Lächeln umspielt seine Lippen. »Fängst du jetzt auch mit der Fragerei an?«

Ich fokussiere mich auf seine Gedanken und gehe auf die Suche. *Schriftsteller ...*, überlege ich und werde schnell fündig. Er schreibt wirklich, und zwar Fantasyromane und Krimis über allerlei mystische Wesen, wie Dämonen, Engel und Gargoyles. Die Geheimorganisation, für die er arbeitet, weiß davon nichts, weil er tatsächlich unter Pseudonym veröffentlicht. Die Details würden dem Verein nicht gefallen, denn Gabriel verarbeitet vieles aus seinen Fällen.

Okay, was für Fälle? Was ist deine Rolle in diesem Unternehmen? Allerlei Bilder und Gedanken purzeln in meinem Kopf durcheinander, ich sehe kämpfende Männer mit grausigen Fratzen und leuchtenden Augen, menschenähnliche Geschöpfe mit Flügeln, Riesenschlangen mit zwei Köpfen, die Körperteile im Maul haben ... Oh Gott, ich weiß nicht, ob ich das alles wissen will.

Als er meinen konzentrierten Gesichtsausdruck bemerkt, lacht er. »Na schön, ich erzähle dir, was du willst, aber ruh dich endlich aus.«

Vor dem Bett angekommen, streift er mir den Bademantel von den Schultern, betrachtet mich mit heißen Blicken und denkt: *Meine Frau. Meine wunderschöne Gefährtin.*

Ich fühle, wie sehr er mich will, auch körperlich, und dass er sich meinetwegen zurückhält, weil ich mich schonen soll.

»Mir geht es gut«, murmele ich, wobei meine Wangen glühen. Ich habe gesehen, was er mit mir anstellen möchte. Er will seinen Kopf zwischen meinen Schenkeln vergraben, um mich zu lecken. Er will hart an meinen Brustwarzen saugen, bis sie sich fest zusammenziehen. Er will tief in mich stoßen, meine Hitze und Enge bis zum Gehtnichtmehr auskosten, und er will mich vor Lust schreien hören.

Sobald ich mich erholt habe.

Mir wird heiß, meine Nippel richten sich auf, und mit flatterndem Herzen starre ich auf die größer werdende Beule in seiner Hose.

»Ins Bett mit dir, *ma chérie*«, raunt er und hebt die Zudecke an.

Schnell schlüpfe ich zwischen die seidenen Laken.

Gabriel entledigt sich seiner Hose, löscht das Licht und greift zu seinem Handy auf dem Nachttisch. Sein Gesicht leuchtet auf, als seine Finger regelrecht über das Display fliegen, während er eine Nachricht eintippt.

Wow, wenn er seine Bücher auch so schnell schreibt, muss er sehr produktiv sein.

Da ich mein Gehirn nicht mehr anstrengen möchte, schnappe ich nur Gedankenfetzen auf: *Agent Lill, Schutz . . .*

»So, musste noch einen Bericht über die Vorfälle abschicken«, sagt er, dann kommt er zu mir. Er zieht mich an sich, und ich lege den Kopf an seine Brust.

Zwischen uns . . . das alles ging so schnell. Und obwohl ich Gabriel quasi schon ewig zu kennen glaube, ist er doch ein fast Fremder für mich, mit dem ich nun verbunden bin. Ich habe sein Herz zum Schlagen gebracht, ich bin seine Gefährtin! Irgendwie kann ich immer noch nicht begreifen, dass es so ist.

»Es ist für mich genauso ungewohnt, *chérie*«, sagt er, rollt mich auf den Rücken und schiebt sich auf mich. Dann reibt er seine Nase an meinem Hals. »Wir werden da schon reinwachsen.«

»Ich glaube, bei mir wächst auch gerade was rein.« Seine Erektion drängelt sich zwischen meine Schamlippen.

»Tschuldigung«, murmelt er grinsend. »Es fällt mir nur verdammt schwer, dir zu widerstehen.«

»Dann widerstehe mir nicht.« Ich verschränke die Finger in seinem Nacken, um seinen Kopf zu mir zu ziehen. Mein Schoß pocht und kribbelt und kann es kaum erwarten, ihn aufzunehmen. Meine Müdigkeit ist verflogen.

Zärtlich küsst er mich, und diese Sanftheit steht im krassen Gegensatz zu der Leidenschaft, die in ihm tobt.

»Wo hast du gelernt, dich so gut zu beherrschen?«, frage ich neckend und hebe mein Becken.

»Wenn ich dir jetzt schon all meine Geheimnisse verrate, werde ich bald uninteressant für dich sein.«

»Das glaube ich nicht.« Sanft stubse ich meine Nase an seine. »Ein Mann, der mehrere Leben gelebt hat, muss eine Menge zu erzählen haben.«

Sein verruchtes Lächeln fährt tief in meinen Bauch, während er ebenfalls die Hüften bewegt, um seinen Schaft an meinem Venushügel zu reiben.

Ich packe ihn fester am Nacken, meine andere Hand lege ich auf seine muskulöse Pobacke. »Du hast mich also nicht belogen, als du sagtest, du seist Schriftsteller?«

»Nicht belogen«, raunt er und lässt mich immer noch zappeln. »Ich habe mich auf meinen wohlverdienten Ruhestand gefreut. Nach fünfzig Jahren beim DPI hat man das Recht, aufzuhören.«

»DPI?«, frage ich und drücke mich ihm entgegen. Wie lange soll die Folter noch dauern? Ich will ihn endlich in mir spüren!

Er züngelt über die Stelle an meinem Hals, unter der meine Ader heftig klopft, und arbeitet sich am Kinn entlang zu meinem Mund vor. »Department of Paranormal Investigations.«

»Noch nie gehört«, nuschele ich, während er an meiner Unterlippe knabbert.

Ich spüre sein Lächeln. »Das haben Geheimorganisationen so an sich.«

»Klingt aufregend. Und jetzt hat dich die Lust verlassen?«

»Irgendwann muss mal Schluss sein. Aber eigentlich bin ich weggelaufen, damit ich nie die Frau fürs Leben finde.«

Ich gluckse. »Das ist ja leider voll in die Hose gegangen.«

»Ich bereue nichts und bin froh, dass ich meinem Gefühl gefolgt bin.« Ich sehe, was er sieht, und zwar mehrere Fotos von Mitgliedern unseres Rudels. Auf einem bin ich abgebildet, wie ich in den Dienstwagen steige. Ich werfe einen Blick über die Schulter, als würde ich spüren, dass ich fotografiert werde. Dabei leuchtet mein rotes Haar im Sonnenlicht.

Wann wurde das aufgenommen? Und von wem?

Das war Frank Michigan vor drei Monaten, er gehört zum Aufklärungstrupp. Als Gabriel endlich eindringt, zittert er am ganzen Körper und stöhnt leise.

Auch ich genieße dieses herrlich befriedigende Gefühl, von ihm ausgefüllt zu werden. Druck baut sich in meinem Unterleib auf, er pocht um Gabriels kräftige Erektion.

Aufklärungstrupp?, denke ich. Mein Gefährte steckt tatsächlich noch voller Geheimnisse.

»Das DPI hat mich um einen letzten Gefallen gebeten, den werde ich noch erfüllen. Danach gehöre ich allein dir, chérie.«

»Was für einen Gefallen?«, frage ich keuchend. Ich kann mich kaum noch auf seine Worte konzentrieren, denn meine Lust peitscht rasend schnell höher.

»Ich habe hier lebenslanges Wohnrecht. Da das Department noch keine Basis in dieser Gegend hat, haben sie dieses Haus hingestellt. Ich darf darin leben und erledige nebenher Kleinigkeiten für die Organisation oder gewähre Mitgliedern Unterkunft, falls nötig. Im Gegenzug erhalte ich lebenslangen Schutz oder Hilfe, falls ich sie benötige.«

»Gabriel, du weichst meiner Frage aus.« Himmel, wie kann sich etwas animalisch-archaisches so verdammt gut anfühlen? Mein Inneres greift nach ihm, drückt ihn, liebkost ihn. »Was für einen letzten Gefallen?«

»Es gab hier einen kleinen Zwischenfall, schon ein paar Jahre her, den wollte die Organisation neu aufrollen, weil er etwas mit einem anderen Fall zu tun haben könnte. Und da ich Wandler bezirzen kann, bin ich perfekt dafür geeignet.«

»Welcher Fall?«, murmele ich und kralle die Finger in seine Pobacken. Himmel, ich liege bloß unter ihm und lasse mich ficken, trotzdem schmelze ich dahin.

»Die Details bekommst du morgen … oder du holst sie dir selber.«

Gabriel auf mir, in mir, in meinem Kopf. Sobald ich die Augen schließe, sehe ich mich und fühle, was er fühlt. Meine Hitze, die sich eng um seinen Schwanz spannt, meine weiche Haut, seine glatte Haut unter meinen Fingern, unsere Hände überall. Küsst er mich oder ich ihn? Ist das seine Zunge oder meine?

Unsere Gefühle vermischen sich, werden zu einem einzigen emotionalen Brennpunkt, sodass ich alle Fragen vergesse. Ich will nur noch eins mit Gabriel sein.

Gemeinsam steuern wir in rasantem Tempo auf den Höhepunkt zu. Der Sex ist schnell und heftig. Gabriel pumpt stärker mit den Hüften, hämmert regelrecht in mich hinein. Schon nach wenigen Sekunden explodieren Milliarden Sternchen vor meinen Augen. Sie zersplittern über mir, regnen auf mich herab und bringen meine Haut zum Prickeln, während glühende Impulse von meiner Klitoris in den Bauch jagen. Gabriel entfacht tief in mir ein Feuer, das mich zu verbrennen scheint. Und während ich in Ekstase stöhne und mich unter ihm winde, wirft er den Kopf zurück und keucht meinen Namen. Seine Stöße werden langsamer und gehen tiefer, und noch einmal komme ich in den Genuss eines Höhepunktes, weil ich live miterlebe, wie Gabriel den Orgasmus erreicht. Ich spüre ihn in meinem Kopf und als wäre ich Gabriel. Ich höre, wie sein Puls hart in seinen Ohren klopft, nehme uns in der Dunkelheit nur noch verschwommen wahr, und mir ist schwindelig. Ein unbeschreibliches Glücksgefühl durchströmt mich, während Gabriels Erektion in mir zuckt.

Als ich wieder zu mir komme, muss ich lachen, so happy bin ich. »Wenn sich das immer so anfühlt, will ich vor jedem Sex dein Blut trinken.«

»Abgemacht«, raunt er grinsend und rollt sich mit mir herum. Entspannt liege ich auf ihm, die Beine mit seinen verschlungen, und wir schweigen im genüsslichen Einvernehmen, während mir allerhand durch den Kopf geht. Wie wird unser Leben aussehen? Ich fahre jeden Tag Streife, während er an seinen Büchern schreibt?

»Du musst nicht mehr arbeiten, Beth. Ich verdiene genug für uns zwei.«

Welch verlockendes Angebot. »Was, wenn ich meinen Job liebe?«, frage ich neckend.

»Dann darfst du ihn natürlich weiter ausüben.«

Ich schmunzle. »Wie großzügig.« Ich glaube, das Leben mit Gabriel wird aufregend.

»Warum bist du Polizistin geworden?«, möchte er wissen.

»Sieh doch selbst nach.«

Ich höre ihn lange gähnen. »Zu müde.«

Ich habe fast vergessen, dass er auch schwer verwundet wurde und sich bestimmt ebenfalls noch erholen muss. Die Geschehnisse kommen mir allerdings vor wie aus einem bösen Traum. »Ich hatte schon immer einen starken Sinn für Gerechtigkeit. Wurde mir wohl in die Wiege gelegt, und Polizistin war das Einzige, was ich in diesem Kaff werden konnte. Als Rechtsanwältin oder Richterin hätte ich hier schlechte Chancen gehabt.«

»Du hättest doch nach New York zu deiner Tante ziehen können und da jeden Job machen, den du willst.«

Behutsam zwicke ich ihn in die Brustwarze. »Jetzt spionierst du doch!«

»Du hast gerade daran gedacht, deshalb habe ich es aufgeschnappt.« Er legt seine Hand auf meine und drückt sie an seine Brust.

»In New York gibt es zu wenig Auslauf«, erkläre ich ihm und gähne. Mann, bin ich müde.

»Es leben aber viele Wandler dort.«

»Ich weiß. Ich bin jedoch lieber mit dem Vampir aus der Provinz zusammen.«

»Ich mag deinen Humor«, raunt er leise und drückt mir einen Kuss auf die Stirn.

Wird es immer so sein zwischen uns? Harmonisch, entspannt und dass wir über alles reden können? Ich könnte mich daran gewöhnen.

Kurz bevor ich einschlafe, frage ich ihn: »Darf ich deine Romane lesen?«

»Natürlich. Ich bin sogar sehr gespannt auf deine Meinung.« Sanft streichelt er über meinen Rücken, und ich nähere mich immer schneller dem Reich der Träume. Trotzdem lässt mir meine Neugier keine Ruhe.

Gähnend schmiege ich mich an seine Brust und lausche dem Herzen, das nur meinetwegen schlägt. »Also, was ist da oben? Die Geheimräume der Operationsbasis?« Nate hat nicht mehr danach gefragt. Offensichtlich konnte Gabriel diese Erinnerung auslöschen. Nate wird sauer sein, wenn Zac ihn nach diesen Räumen fragt und er sich nicht daran erinnern kann.

»Du bist ein stures, neugieriges Kätzchen.«

»Wölflein.«

Seine Brust bebt leicht. »Ja, da oben sind zum Beispiel Verhörräume«, erklärt er lächelnd. »Ich zeige sie dir morgen, versprochen.«

Als ich versuche, in seinen Kopf vorzudringen, kitzelt er mich. »Hey, ich dachte, du bist müde.«

»Bin ich auch.« Total erschlagen, doch die Polizistin in mir ist einfach zu neugierig.

»Offenbar nicht genug.«

»Verbirgst du etwas vor mir?«

»Nichts, was du nicht wissen darfst. Du erfährst alles morgen, hoch und heilig versprochen. Es sind nur so viele Informationen, und du sollst dich jetzt ausruhen.« *Du bist bei mir sicher, Beth.*

Ich weiß ... »Warst du ein Spion?«, wispere ich. Meine Zunge liegt wie ein Stein im Mund und das Denken fällt mir auch immer schwerer.

»Ja, so eine Art Geheimagent.«

»Noch eine Frage, Gabriel.«

»Hm?«, brummt er, und ich fühle, dass er sich kaum noch wachhalten kann.

»Wer ist Alissa?« Ich sehe wieder diese schwarzhaarige Schönheit, mit der er im Hinterhof einer Bar Sex hatte. In dem kurzen Moment, als ich diese Erinnerung zu fassen bekam, habe ich gespürt, dass Alissa in seinem Leben eine wichtige Rolle gespielt hat.

»Nie gehört«, murmelt er und sinkt in den Schlaf.

Irgendwie habe ich das Gefühl, dass diese Frau an seiner Beziehungsangst schuld ist und er sein Leben lang probiert hat, die Erinnerungen an sie zu verdrängen. Vielleicht sollte ich das Thema einfach ruhen lassen und versuchen, Gabriel diese Ängste zu nehmen. Hat Alissa einst sein Herz gebrochen? Aber wie konnte sie das, wenn es doch bis vor Kurzem nicht geschlagen hat?

Egal, was es ist – ich werde dich glücklich machen, das verspreche ich dir, mein Gefährte.

»Seid gegrüßt, Königin und Gefährtin.« Sein Herz raste bei Alissas Erscheinen. Wenn sie in sein Turmzimmer kam, gab es entweder Schmerzen oder er musste für ihre körperlichen Gelüste herhalten. Seit fünf Jahren versuchte er sie milde zu stimmen und sie um den Finger zu wickeln, damit sie ihn endlich gehen ließ – vergeblich.

Schnaubend warf sie ihr langes schwarzes Haar zurück und strich ihren kurzen Rock glatt. »Spar dir deine Schmeicheleien, Philippe, ich weiß, wie sehr du mich hasst.«

Ja, er hasste sie, weil sie seine Gedanken lesen konnte, er aber nicht ihre. Doch noch mehr hasste er sie dafür, was sie ihm jeden Tag antat.

Er, gefesselt auf dem Bett. Sie, die ihm gewaltsam Wandlerblut einflößte.

Philippe erinnerte sich an die ersten Wochen, als sie ihm täglich mit einer Pipette einen einzigen Bluttropfen gegeben hatte. Der hatte sein Inneres wie Säure verätzt, sich durch seine Zunge gefressen und seine Kehle aufgerissen, als würden glühende Nadeln in ihm wüten. Philippe hatte vor Schmerzen geschrien.

Nach einem Monat, als ihm der Tropfen besser bekam, hatte sie die Dosis erhöht und ihm immer gerade so viel einverleibt, dass er knapp überlebte …

Vor drei Jahren, nach dem Fußball-Endspiel in Paris, hatte Alissa ihn im Hinterhof einer Kneipe zum Vampir gewandelt. Gegen seinen Willen.

Am Anfang ihrer Beziehung war er in diese attraktive Frau verliebt gewesen und hatte es genossen, nachts mit ihr durch die Straßen zu ziehen, zu feiern und das Blut junger Mädchen zu trinken.

Nach einem halben Jahr hatte sie es irgendwie geschafft, dass ihrer beider Herzen zu schlagen begonnen hatten, und sein Appetit auf Sex war geweckt worden.

»Ich wollte dich zum Gefährten, seit ich dich das erste Mal im Fernsehen erblickt habe«, hatte sie gesagt. »Endlich können wir uns richtig lieben.«

Sie hatten es fast ununterbrochen getan, wann und wo sie wollten. Es waren herrliche Zeiten gewesen und seine anfängliche Wut auf sie, wegen seiner Verwandlung und weil er keinen Menschen aus seinem früheren Leben mehr sehen durfte, war längst verflogen. Ja, es war ihm sogar gleichgültig, dass sich seine Eltern vor Kummer über den verschollenen Sohn grämen würden und seine Kollegen sich fragten, was mit ihm passiert war. Für Philippe gab es nur noch Alissa und Partys. Er fühlte sich stärker, seine Sinne funktionierten wie bei einem Raubtier und er musste nicht mehr arbeiten. Alissa sorgte für sie beide, und sie hatte eine Art an sich, dass er ihr jeden Fehler verzieh. Egal was sie tat – er konnte ihr niemals lange böse sein.

Weil wir eins sind, hatte sie gesagt.

Bis der Tag kam, an dem ihr Vater sie nach Russland zurückbeordert hatte. Philippe hatte bis dato nicht gewusst, dass sie die Tochter eines mächtigen Vampirfürsten war – daher hatte sie also ihr unerschöpfliches Vermögen. Ihr Vater Dimitrij Fjodor Wolkow brauchte ihre Hilfe.

In Särgen hatten sie Frankreich verlassen und waren mit einer Propellermaschine nach Russland geflogen. Erst im Thronsaal hatte man sie aus den Särgen befreit, weshalb er nicht wusste, wo sie sich genau befanden.

Als sie nebeneinander vor dem Herrschersitz in einem prächtigen Schloss standen, sah der Fürst streng zu ihnen herunter und sagte: »Du hast dich genug ausgetobt, Tochter. Jetzt will ich wissen, ob du es verdienst, den Namen unserer Familie zu tragen.«

Philippe verhielt sich still und versuchte, den großen schwarzhaarigen Mann mit dem langen Bart nicht zu lange anzublicken. Alissa hatte es ihm verboten. Philippe solle sich demütig und unauffällig benehmen, hatte sie gesagt.

»Wie ich sehe, hast du einen Jungvampir dabei.« Fürst Wolkow musterte ihn ausgiebig. »Hervorragend.«

»Meine Name ist Phil… Gabriel Montabon. Es ist mir eine Ehre, Euch kennenzulernen, Hoheit.« Philippe verbeugte sich, wie es ihm Alissa gezeigt hatte. Wann würde er sich endlich an seinen neuen Namen gewöhnt haben?

»Er ist also dein Gefährte?«, fragte Wolkow seine Tochter. »Du hast es tatsächlich geschafft, den Mann für die Ewigkeit zu finden?«

»So ist es, Vater.«

»Dann wirst du sicher nichts dagegen haben, wenn ich Großes mit ihm plane …«

Von da an hatte sich Alissa verändert, war eine völlig andere Person geworden und hatte alles getan, was ihr Vater von ihr verlangte. Zuerst hatte man Philippe in ein Turmzimmer gesperrt, aus dem es kein Entkommen gab, danach hatte seine Wandlung zum Daywalker begonnen.

Er war in all den düsteren fünf Jahren, die folgten, nur noch ihr Sklave gewesen, ein hilfloser Jungvampir, zu schwach, um gegen ihre Kräfte oder die der Lakaien des Fürsten anzukommen.

»Ich finde, du bist ziemlich undankbar, immerhin gewährt dir mein Vater eine einmalige Chance.« Hinter ihr wurde die Tür verriegelt, während sie von zwei glatzköpfigen Lakaien begleitet wurde. »Außerdem besitzt du Dank mir das Privileg, in diesem komfortablen Zimmer zu wohnen und sämtliche Annehmlichkeiten zu genießen, von denen andere nur träumen! Die teuerste Kleidung, die modernsten Möbel, ein Tonbandgerät, ein Transistorradio und sogar ein Fernsehgerät! Weißt du überhaupt, wie schwer es ist, in dieser Einöde ein Programm zu empfangen? Ich habe Himmel und Hölle in Bewegung gesetzt, damit du hier lebst wie ein König!«

»Ich will das alles nicht, Alissa«, sagte er. »Ich will nur, dass du mich gehen lässt. Wenn du mich jemals aufrichtig geliebt hast, dann lass mich frei.«

Erkannte er ein unsicheres Flackern in ihren dunklen Augen?

Nein, er musste sich getäuscht haben, denn ihr skeptischer Gesichtsausdruck wandelte sich in ein teuflisches Lächeln. »Du bist *mein*, Gefährte. Ich lasse dich niemals gehen.«

In den letzten Jahren war Philippe stärker geworden, sodass es Alissa nicht mehr allein schaffte, ihn ans Bett zu ketten. Er fletschte die Fänge, als er das mit Blut gefüllte Fläschchen in ihrer Hand sah, und überlegte fieberhaft, wie er fliehen konnte. Immer wieder ließ er sich auf einen Kampf mit den Lakaien ein, weil er wusste, dass sie ihn nicht töten durften. Für den Fürsten war er zu wertvoll. Philippe war sein Experiment – oder besser gesagt: der einzige Überlebende der »Testreihe«. Alle anderen Vampire, die Alissa nach ihm angeschleppt hatte, waren qualvoll gestorben, wie sie ihm mit Stolz geschwellter Brust erzählt hatte. »Du wirst einmal Vaters Armee von Daywalkern anführen. Du bist der stärkste und beste von allen. Nur noch wenige Wochen, dann bist du bereit.«

Auch diesmal griff er die Lakaien an, stürzte blitzartig auf sie zu, doch sie schleuderten ihn mit einer lässigen Handbewegung gegen die Wand.

Benommen blieb er liegen, in dem Bewusstsein, dass auch in wenigen Wochen seine Qual kein Ende finden würde. Er verfügte über ein außerordentlich gutes Gehör und belauschte die Wachen vor seiner Tür, die sich oft stundenlang über den neusten Klatsch unterhielten. Der Fürst wollte ihn nicht als Anführer seiner Armee, er wollte Philippes Blut. Sobald die Umwandlung abgeschlossen war, würde sich Wolkow sein Blut einverleiben, bis er immun gegen Wandlerblut sein würde. Der Fürst wollte selbst zum Daywalker werden, selbst die Armee anführen, jedoch nicht die jahrelange, harte Tortur durchleben, sondern gleich von den Antikörpern in Philippes Blut profitieren.

Doch Philippe behielt sein Wissen für sich. Ihm lief die Zeit davon!

Die Lakaien ketteten ihn wie ein X an das massive Bettgestell und hielten seinen Kopf fest, während sich Alissa wie immer auf seinen Bauch setzte. Er wollte nichts mehr von diesem Wandler-blut trinken, auch wenn es ihm keine Schmerzen mehr zufügte. Er hasste diesen bitteren Geschmack, den das Blut bekam, wenn es die Vampire den Wandlern mit Gewalt abnahmen. Es schmeck-te nach Angst.

Wie viele Menschen hatten für Wolkows Experiment bereits sterben müssen? Philippe hatte gehört, dass der Fürst die Wand-ler in den Kellergewölben des Schlosses festhielt und sie dort so lange am Leben erhalten würde, bis das Experiment ein Ende gefunden hatte.

Alissa öffnete die kleine Flasche, während ein Lakai seinen Kopf fixierte.

»Mund auf«, befahl sie ihm, und als er nicht gehorchte, säu-selte sie einen Zauberspruch auf Russisch, sodass sich seine Lip-pen wie von Geisterhand teilten.

Und während sie ihm das Blut einflößte und er gezwungen war, es zu schlucken, versuchte er verzweifelt, in ihren Kopf vor-zudringen. *Alissa, bitte hilf mir!* Doch er schaffte es nicht, ihre Mauern zu durchbrechen. Er hatte schon zu lange nicht mehr von ihr getrunken, um eine Verbindung zu spüren. Ihr Vater hatte verboten, dass er während der Umwandlung anderes Blut zu sich nahm, allein am Anfang des Experimentes hatte er es er-laubt, damit Philippe bei Kräften blieb.

Zärtlich strich sie ihm über die Wange. »Bald wirst du mehr Macht haben als jeder andere Vampir auf Erden. Stell dir nur vor, was du alles erreichen kannst, wenn dich die Sonne nicht mehr tötet! Dann wirst du mich wieder lieben, Gefährte, und mir für alles dankbar sein.«

Alissa hatte die Zeit, in dem er dem Sonnenlicht ausgesetzt wurde, täglich um weitere Sekunden erhöht. Aktuell waren sie bei einer Stunde angekommen. Nachdem sie ihm das Wandler-blut einverleibt, ihn ausgezogen und das Turmzimmer verlassen hatte, öffneten sich automatisch die blickdichten Fenster. Nie-mandem scherte es, dass seine Haut bereits nach zwanzig Minu-ten Blasen warf und nach einer halben Stunde zum Qualmen anfing. Wenn ihn das Blut nun nicht mehr zum Schreien brachte – das grelle Licht tat es. In den letzten Minuten seiner Folter fing seine Haut an zu brennen und verkohlte, und der Gestank seines eigenen, verbrannten Fleisches drehte ihm den Magen um.

Wenigstens dauerte es bloß noch Minuten, bis er sich regeneriert hatte. Nur dieses Wissen ließ ihn die Qual jedes Mal durchstehen.

Oft hatte er sich ausgemalt, wie es wäre, seinem Dasein ein Ende zu setzen, nur leider war es nicht gerade leicht, als Vampir Selbstmord zu begehen. Alissa hatte außerdem dafür gesorgt, dass sich im Turmzimmer keine langen, scharfen Gegenstände befanden.

Nachdem er das ganze Blut getrunken hatte, schickte Alissa die Lakaien nach draußen und säuselte: »Und nun wirst du deinen Pflichten als mein Gefährte nachkommen«, während sie ihm Hose und Hemd öffnete.

Philippe wurde längst nicht mehr hart für sie – leider beherrschte Alissa die dunklen Künste ausgezeichnet, und mit ihrer verdammten Magie schaffte sie es immer wieder, ihm eine Erektion zu bescheren …

»Nein!«

Ich erwache mit wildem Herzklopfen, als Gabriel neben mir auf-schreckt. Helligkeit dringt vom Flur ins Schlafzimmer hinein, draußen ist es bereits Tag.

Gabriel hat die Decke weggestrampelt und liegt nackt und verschwitzt neben mir. Ich weiß, was er geträumt hat, ich habe alles gesehen und gefühlt, weil wir immer noch miteinander ver-bunden sind. Und in dem Moment, als er die Augen öffnet, wird mir klar, dass das kein Traum war. Gabriel erinnert sich wieder an die Zeit, als er zum Vampir wurde, und die Jahre danach, die in seinen Gedanken nicht mehr existierten. Alissa und ihr Vater waren es, die einen Daywalker aus ihm gemacht haben!

»Mein Name war Philippe Bertrand!« Er setzt sich auf und wischt mit der Zudecke den Schweiß von der Brust. »Obwohl ich mich noch erinnern konnte, dass ich Sportreporter war, kannte ich meinen richtigen Namen nicht mehr. Ich musste ihn ändern, damit mich niemand findet. Alissa hatte mir neue Papie-re beschafft. Und ... Oh Gott, vielleicht war die Wahrheit die ganze Zeit greifbar, denn ich wollte mich unbedingt Philippe nennen!«

Stirnrunzelnd sehe ich ihn an.

»Ähm ... Mein Autorenpseudonym ist Philippe Nemours.«

»Nemours? Hat das auch etwas mit deiner Vergangenheit zu tun?«

»Ich glaube nicht. Das ist der Name einer Stadt in Frankreich, die ich einmal zu Recherchezwecken zu meinem ersten Buch be-sucht hatte.« Er atmet hörbar aus. »Plötzlich fallen mir so viele Dinge wieder ein!«

Aufmunternd nicke ich und setze mich ebenfalls hin. »Das ist gut.«

Sein Gesicht verdüstert sich. »Ich weiß nicht, ob das gut ist.«

Alissa hat ihn jahrelang eingesperrt, gegen seinen Willen mit ihm geschlafen, ihm Wandlerblut eingeflößt, ihn gefoltert, der

Sonne ausgesetzt. Gabriel ist durch die Hölle gegangen. Ich spüre den schwelenden Hass in ihm. Am liebsten möchte er Alissa aufspüren und sie für ihre Taten büßen lassen.

Und ich würde ihn das alles wieder vergessen lassen, wenn ich könnte.

»Wie konntest du entkommen?«, frage ich und lege eine Hand auf seinen Oberschenkel. Er ist eiskalt.

Gabriel reibt sich über die Schläfen und kneift die Lider zusammen. »Weiß nicht. Das Kapitel liegt noch im Dunkeln.«

»Möchtest du, dass ich … nachsehe?«

Als er zögerlich nickt, komme ich ihm ganz nah, lege nun meine Handflächen an seine Schläfen und konzentriere mich.

»Sag mir, dass dieses Miststück tot ist, Beth«, grollt er. »Denn wenn sie es nicht ist, werde ich ihr den Kopf abschlagen!«

Ich erspüre erneut diesen düsteren Fleck in seinem Bewusstsein, doch er ist kleiner geworden. Leider kann ich auch nicht mehr Informationen bekommen; ich sehe lediglich Alissas dunkle Augen, die beinahe traurig wirken, und weiß, dass Gabriel sie in diesem Moment auch sieht.

»Ich kann nichts erkennen außer Alissas Augen.« Enttäuscht nehme ich meine Arme herunter. »Weißt du, dass ich in den letzten Jahren im Traum deine Augen gesehen habe?«

»Was?« Mit einer Mischung aus Verwunderung, Furcht und Skepsis starrt er mich an.

»Ich hab von dir geträumt, von … Sex mit dir.« Mein Gesicht glüht. Es ist mir wirklich peinlich, ihm davon zu erzählen, doch früher oder später hätte er das ohnehin herausgefunden. Ich werde in Zukunft nichts mehr vor ihm geheim halten können. »Aber ich habe erst gewusst, dass du der Mann meiner Träume warst, als ich zum ersten Mal direkt in deine Augen gesehen habe.«

Er rückt von mir ab, als hätte ich eine ansteckende Krankheit, und sein Gesicht wirkt wie versteinert. »Warum sagst du mir das erst jetzt?«

»Weil … ich …«

»Alissa«, knurrt er. »Sie muss dich verzaubert haben!«

»Wie bitte?« Er muss endlich wieder in der Realität ankommen. »Ich bin ihr nie begegnet, Gabriel.« Ich fühle, dass er sehr aufgewühlt ist und noch immer die Traumbilder vor Augen hat; ich sollte ihn ablenken. »Was ich nur nicht verstehe ... Dein Herz hat als Vampir schon einmal geschlagen. Wie kann es sein, dass ich dich erweckt habe, wenn Alissa das bereits getan hat?«

»Du Hexe!« Plötzlich stürzt er sich auf mich und legt die Hände an meinen Hals. Er drückt nicht fest zu, und ich bleibe wie erstarrt unter ihm liegen.

Alissa ... Du bist es, du Miststück, denkt er.

Er glaubt tatsächlich, ich könnte Alissa sein, aber ganz sicher ist er sich nicht.

Ich lege meine zitternden Finger an seine Wange. »Ich habe deinen Traum gesehen, Gabriel, ich weiß, was Alissa dir angetan hat, doch sie ist nicht hier, war es nie. Ich bin's, Beth!«

»Du hast nicht von mir geträumt«, sagt er stockend, und seine Stimme klingt belegt. »Das waren Erinnerungen an mich, die du nicht verbergen konntest!«

»Was?« Ich verstehe gar nichts mehr, und was er sagt, ergibt keinen Sinn. »Gabriel, ich ...«

»Und ich naiver Idiot habe geglaubt, wir seien tatsächlich füreinander bestimmt!« Er drückt fester zu, und ich ringe nach Luft.

Hör auf, du tust mir weh! Ich bin nicht Alissa!, rufe ich in Gedanken, doch er scheint mich nicht wahrzunehmen, driftet immer mehr ab.

»Soll das ein böser Scherz sein? Ein fieses, perverses Spiel?« Er lächelt kalt, und in seinen Augen spiegelt sich all der Schmerz, der jahrzehntelang verborgen lag und jetzt mit voller Wucht hervorbricht. »Hast du nicht schon genug mit mir gespielt?«

Er denkt allen Ernstes, ich sei Alissa, die sich getarnt hat?

Schnaubend schüttelt er den Kopf. »Du bringst mein Herz mit deiner dunklen Magie zum Schlagen, genau wie damals, und ...«

»Stopp, jetzt hör aber mal auf!« Fauchend schleudere ich ihn von mir, sodass er aus dem Bett fällt und mit dem Rücken gegen die Wand kracht.

Wow, ich hatte keine Ahnung, wie stark ich bin! Das muss wohl an Gabriels Blut liegen. Doch ich weiß, dass er stärker ist. Ich würde niemals gegen ihn ankommen; und nun bei ihm zu bleiben, bringt mich in Gefahr. Aber ich würde ihn um nichts auf der Welt verlassen. Nicht jetzt.

Nachdem ich den ersten Schock überwunden habe, schaltet sich mein Herz ein. »Habe ich dir wehgetan? Ich wollte das nicht, aber du hast mir keine Wahl gelassen.« Ich krieche über die Matratze und hocke mich an den Rand. Dabei versuche ich mich zu beruhigen und die Krallen und Fänge einzufahren. Jeder meiner Muskeln scheint zu zittern. Wegen Gabriels Erinnerungen läuft alles aus dem Ruder.

Er sitzt immer noch am Boden, den Rücken gegen die Wand gepresst, und starrt mich mit aufgerissenen Augen an. Die plötzlichen Erinnerungen haben ihm emotional sehr zugesetzt.

»Beruhige dich bitte, Gabriel.« Ich rutsche vom Bett, nackt wie ich bin, und knie mich neben ihn. Vorsichtig berühre ich sein Knie. »Alissa war ein Vampir, mit allem was dazugehört, soweit ich das mitbekommen habe. Ich aber bin eine Wandlerin. Mir macht Sonne nichts aus!«

»Du konntest dich schon immer geschickt tarnen, hast gezaubert, oder … Du bist auch ein Daywalker, wie ich. Du hast mich schließlich erschaffen und hattest in den letzten fünfzig Jahren genug Zeit, selbst zu einem zu werden!«

Was kann ich nur tun, um ihn vom Gegenteil zu überzeugen? Er lässt mich jedoch nicht zu Wort kommen, da er ununterbrochen redet.

»Ich bin bloß in diese Einöde gezogen, weil ich dich auf dem Foto gesehen habe. Dein Anblick hat mich sofort verzaubert«, knurrt er. »Nur aus einem Grund: Du hast das arrangiert!«

»Dann lass uns noch einmal voneinander trinken, damit du bis in meine hintersten Hirnwindungen sehen kannst. Ich bin nicht Alissa!«, rufe ich dazwischen. »Du kannst Nate fragen und alle, die mich kennen!«

Er wittert meine Angst und Verzweiflung, und ich spüre seine aufkeimende Unsicherheit. Er fürchtet sich davor, erneut auf Alissa hereinzufallen und mich zu verlieren, falls das mit uns doch echt sein sollte.

Nachdenklich mustert er mich, und seine Stimme klingt ruhiger, als er fortfährt. »Du ... Alissa kann sie alle manipuliert haben. Ich habe nie eine größere Zauberin kennengelernt. Nur ihr Vater war noch mächtiger als sie.«

Mein Vater ist tot, denke ich und sage: »Alissa war also ein Vampir *und* eine Zauberin?«

»Unsere Herzen haben nur geschlagen, weil Alissa sie mit Magie dazu gebracht hat.«

Stimmt, er hat gerade so etwas erwähnt und ich habe das im Traum gesehen. »Dann muss sie das rückgängig gemacht haben. Vielleicht ... Kann es sein, dass du es geschafft hast, sie zu töten?«

»Möglich«, antwortet er kühl. »Und auch möglich, dass Alissa wiedergeboren wurde. In deinem Körper! Die Zufälle sind mir zu suspekt. Dieses Weib ist wie ein Fluch.« Das letzte Wort spuckt er mir entgegen, als wäre ich dieses Miststück.

Hat er eine Ahnung, wie verdammt weh mir seine Worte tun? »Hey, jetzt halt mal die Luft an! Garantiert bin ich keine wiedergeborene Vampir-Zauberin-Schlampe.«

Tatsächlich verstummt er. Spürt er, wie ich mich fühle?

»Was kann ich tun, damit du mir glaubst?« Ich hocke mich neben ihn an die kühle Wand und wische mir die Tränen aus dem Gesicht. »Ich will dich nicht verlieren. Ich will dir helfen.«

Als er nicht antwortet, sage ich: »Könntest du deine Organisation nicht fragen, ob sie etwas über Alissa wissen? Wo sie sich aufhält?«

Langsam nickt er und greift nach seinem Handy auf dem Nachttisch. Nachdem er so schnell eine Nummer eingetippt hat, dass meine Augen den Bewegungen nicht folgen konnten, höre ich das Freizeichen am anderen Ende.

»Hey, Gabe, was gibt es?« Ertönt die Stimme einer männlichen Person.

Gabriel räuspert sich hart. »Kannst du für mich jemanden überprüfen, Mike?«

»Immer doch.«

»Es hat aber nichts mit dem Fall zu tun. Es geht um … mich.«

»Wird keiner erfahren, Kumpel. Du hast ohnehin noch was bei mir gut.«

***

Fünf Minuten später sind wir schlauer. Gabriels Kollege hat ihm gesagt, dass Alissa zuletzt im Jahre 1960 in Paris von einem Agenten des DPI gesehen wurde, danach gibt es keine Aufzeichnungen mehr über sie im System. Ihr Vater lebt angeblich noch irgendwo in Russland auf seinem versteckten Schloss. Da er keine Probleme macht, hat das DPI kein Auge auf ihn.

Seufzend setze ich mich an den Küchentisch, ziehe Gabriels Morgenmantel zu und nippe an meinem Glas. Wasser ist das einzige Getränk, das ich hier zu mir nehmen kann, denn die Küchenschränke sind bis auf ein paar Weinflaschen alle immer noch leer.

»Ich werde gleich in den Laden fahren und dir etwas zum Essen und Trinken kaufen.« Gabriel hat sich eine Jogginghose übergezogen und setzt sich zu mir.

»Dann glaubst du mir also?«

Er senkt den Blick. »Alissa hätte sich nie mit Leitungswasser zufrieden gegeben.«

Das war kein konkretes Ja, aber immerhin ein Anfang. »Sie könnte sich verstellen.«

»Sie war eine verwöhnte Tochter und verdammt egozentrisch. Sie hätte mir längst befohlen, Frühstück zu besorgen.«

Ich schmunzle. »Wahrscheinlich Kaviar und Champagner.«

»Eher das Blut einer Jungfrau«, knurrt er, doch dann hebt sich einer seiner Mundwinkel zu einem schwachen Lächeln. Er schiebt seine Hand über den Tisch und legt sie auf meinen Unterarm. Nachdem er einen schweren Seufzer ausgestoßen hat, sieht er mir in die Augen. »Es tut mir leid, dass meine Erinnerungen unsere Beziehung …«

»… erschweren?«, ergänze ich, als er nicht weiterspricht, denn er wollte sagen: *zerstört haben.*

Nickend zieht er den Arm zurück und fährt sich durchs Haar. Anschließend trommelt er mit den Fingerspitzen auf die Tischplatte.

Schwer schlucke ich. Das zwischen Gabriel und mir darf kein solch unschönes Ende nehmen, diese Ziege keinen Keil zwischen uns treiben. Wo auch immer dieses Mistvieh steckt – ich werde es halten wie Gabriel: Sobald ich sie in die Finger bekomme, werde ich ihr den Kopf abschneiden.

Ich hasse diese Mauer des Schweigens, die Gabriel zwischen uns errichtet, und merke, wie er sich von mir distanziert. Er hat Angst, mir zu vertrauen, obwohl er meine Gedanken verfolgt.

Diese verflixte Alissa hat ziemlich viel kaputtgemacht.

»Erzähl mir was aus deinem Menschenleben, Gabriel. Wer war Philippe?« Ich könnte in seinem Kopf nach Informationen suchen, denn obwohl unsere Gedankenverbindung bereits abnimmt, kann ich immer noch in seinen Erinnerungen wühlen. Doch das erscheint mir gerade nicht richtig. Es fühlt sich an, als würde ich seine Privatsphäre vergewaltigen. Das hätte zu Alissa gepasst, nicht zu mir.

Er schenkt mir ein trauriges Lächeln. »Ich habe nichts anbrennen lassen, war ein Belami, ein Lebemann.«

»Du hast also viele Mädchen zurückgelassen?«

Seufzend antwortet er: »Hunderte, aber keines, der mein Herz gehörte.«

»Dann hat dich niemand wirklich vermisst?«

»Doch, meine Freunde und Eltern, daran erinnere ich mich jetzt wieder.«

»Hattest du nach deiner Verwandlung noch Kontakt zu ihnen?«

Er schüttelt den Kopf. »Ich wollte zu ihnen, aber *sie* hat es mir verboten. Daher habe ich sie nur heimlich beobachten können. Ich bekam eine neue Identität, einen neuen Namen – den ich mir wenigstens selbst aussuchen durfte – und musste mein altes Leben zurücklassen. Zuerst war ich wütend auf meine Erschafferin, doch bald wurde mir alles egal. Es gab nur noch Alissa, mich und wilde Partys.«

»Dann hast du deine Eltern also nie wieder gesehen?« Wir furchtbar muss es für ihn gewesen sein, alles Vorherige aufgeben zu müssen, ohne zuvor gefragt worden zu sein.

Er reibt sich über das Nasenbein. »Ich weiß es nicht. Zu viel liegt noch im Dunkeln.«

Ich hoffe so sehr, dass er sich bald an alles erinnern kann und sich die Spannungen zwischen uns in Luft auflösen.

Obwohl die Mauern dieses Gebäudes aus Stein sind, höre ich dank meiner ausgezeichneten Ohren, dass sich ein Auto nähert; Kies knirscht unter den Gummirädern, leise brummt ein Motor. Als der Wagen in den Hof fährt, springen Gabriel und ich vom Tisch auf und stellen uns ans Fenster. Ein roter Dodge-Pickup parkt vor dem Haus, und Nate steigt aus. Er trägt ausgewaschene Jeans und Sneaker, und ein dunkelblaues T-Shirt spannt sich um seinen Oberkörper.

»Was will der schon wieder?«, murmelt Gabriel, kratzt sich an seiner nackten Brust und geht zur Tür, ich folge ihm.

Noch bevor Nate klingelt, öffnet Gabriel.

Nate starrt ihn missbilligend an. Schatten hängen unter seinen eisblauen Augen, sein schwarzes Haar ist leicht durcheinander. Offenbar hat er kaum geschlafen.

Zum ersten Mal wird mir die Ähnlichkeit der beiden Männer bewusst, nur dass Nates Haar länger ist und seine Brust breiter. Vielleicht noch ein Grund, warum sie wie Hund und Katze aufeinander reagieren.

»Du Mistkerl hast mich bezirzt!«, knurrt Nate, zwängt sich an uns vorbei ins Haus und drückt mir einen Korb in die Hand. »Hazel hat mir ein paar Anziehsachen für dich mitgegeben und Frühstück, nachdem ich gestern gesehen habe, dass es in diesem Haus nichts zu essen gibt.« Ein weiterer vorwurfsvoller Blick trifft Gabriel. »Du kümmerst dich ja ausgezeichnet um deine Gefährtin.«

Gabriel schließt schweigend die Tür, doch ich spüre, wie es in ihm brodelt.

Mit schräg gelegtem Kopf mustert Nate mich. »Hattet ihr schon euren ersten Ehestreit?«

Verdammt, meine Lider sind wahrscheinlich immer noch gerötet.

»Nein!«, antworten Gabriel und ich unisono und eine Spur zu heftig, sodass Nate noch skeptischer dreinblickt.

»Ich spüre doch, dass hier etwas nicht stimmt. Außerdem hast du mich manipuliert, Vampir! Zac hat mir von den oberen Räumen erzählt, zu denen wir keinen Zugang hatten.«

»Wo ist Zac?«, frage ich schnell, bevor es Tote gibt. Gabriel und Nate sind ohnehin schon gereizt genug.

»Er ist daheim geblieben«, antwortet Nate. »Wir haben alle Rudelmitglieder zusammengetrommelt. Sie werden so lange auf der Farm bleiben, bis das Vampirproblem gelöst ist. Dort sind sie am sichersten.« Erneut schenkt Nate meinem Gefährten einen finsteren Blick. »Warum kannst du mich eigentlich bezirzen? Ich dachte immer, Vampire können das nicht?«

»Es gibt Ausnahmen«, antwortet Gabriel kühl.

»Lasst uns doch in der Küche weiterreden«, sage ich gespielt fröhlich, gehe voran und stelle den Korb auf dem Tisch ab. Dann sehe ich nach, was Hazel mir eingepackt hat. Ein paar meiner Kleider, Unterwäsche, Schuhe, frisch gepressten Orangensaft in einer Glasflasche und in Papier eingewickelte Bagels mit Schinken, Tomate und Käse sowie Obst. An mein Handy hat sie auch gedacht. Hazel ist ein Schatz.

Ich hole einen Apfel heraus, lege ihn jedoch nach dem ersten Bissen zur Seite. Der Konflikt mit Gabriel rumort noch in meinem Magen und ich habe absolut keinen Hunger. »Sag Hazel lieben Dank, Nate.«

Die beiden Männer stehen sich mit verschränkten Armen gegenüber und duellieren sich mit Todesblicken. Dass sich zwischen Gabriel und dem Rudel noch mehr Spannungen aufbauen, kann ich jetzt wirklich nicht gebrauchen. Trotzdem kann ich mir nicht verkneifen, Nate zu fragen: »Kam dir an mir je etwas seltsam vor, oder habe ich schon mal gezaubert?«

»Was?« Abrupt wendet er mir den Kopf zu. »Warum willst du das wissen?«

»Nur so.«

»Hat dir der Kerl etwa Minderwertigkeitskomplexe eingeredet oder dass du verrückt bist?«

Ich fasse es nicht! Egal was hier jemand sagt, es wird immer dahingehend ausgelegt, um noch mehr Feindseligkeit zu schüren. »Nein!«

Nate stemmt die Hände in die Hüften. »Kann mir dann jetzt endlich jemand erklären, was hier los ist?«

»Da ich schlecht das ganze Rudel bezirzen kann …« Gabriel stößt die Luft aus und legt den Kopf in den Nacken. »… kann ich euch auch einweihen.«

***

Nachdem ich ein dunkelgrünes Trägerkleid aus dem Korb geholt und mir übergezogen habe, trete ich in den Flur zu den wartenden Männern. Gabriel bläut Nate bestimmt schon zum dritten Mal ein, dass er alles, was er gleich sehen und hören wird, nicht weitergeben darf.

»Zac wird wissen wollen, was da oben ist«, meint Nate.

»Okay, ihn darfst du einweihen, aber sonst niemanden, verstanden!«

»Ja, ich sage niemandem etwas, außer Zac und Hazel«, knurrt Nate. »Können wir dann raufgehen?«

Gabriel verdreht die Augen. Als sein Blick auf mich trifft, öffnet er den Mund, doch kein Ton kommt heraus. Er mustert mich von oben bis unten, während ich ihm mental die frohe Botschaft schicke, dass ich unter dem Kleid keinen Slip trage. Ich weiß, dass ich in dem Outfit eine verdammt gute Figur mache und die Farbe des Stoffes perfekt mit meinem roten Haar harmoniert.

Ich schenke ihm ein Lächeln, das sofort erlischt, als das Wort *Hexe* durch meinen Kopf geistert. Es kam nicht von Gabriel, zumindest jetzt nicht, sondern ich erinnere mich daran, dass er mich so genannt hat, nachdem er aufgewacht ist.

Ja, ich bin die böse Hexe mit dem roten Haar, har har, und wenn ihr nicht aufpasst, verwandele ich euch in Kröten!

Shit, mein Verhalten macht es nicht besser, im Gegenteil. Gabriel wird sich in seiner Vermutung bestätigt fühlen. *Die gemei-*

ne Alissa unternimmt alles, um mich um den Finger zu wickeln, wird er denken.

Gabriel fährt sich über den Kopf und wendet abrupt den Blick von mir ab. »Folgt mir.«

Ich will ihn berühren, ihm nahe sein, mich an ihn schmiegen, doch er distanziert sich immer mehr, als würde er mit einem eisernen Vorhang sein Gehirn abschotten. Unsere mentale Verbindung ist ohnehin bereits deutlich schwächer geworden. Wahrscheinlich kann ich in wenigen Stunden seine Gedanken nicht mehr wahrnehmen.

Er führt uns in sein Arbeitszimmer; anschließend zieht er drei Bücher aus einer Regalwand und ich erkenne ein viereckiges Gerät, das an der Wand angebracht ist. Er gibt einen Zahlencode ein, danach legt er den Daumen auf eine kleine Glasplatte. Es klickt leise, und die ganze Regalwand öffnet sich wie eine Tür.

Gabriel geht hindurch, Nate folgt ihm, ich bilde das Schlusslicht. Über eine breite Treppe gelangen wir nach oben in einen düsteren Flur. Es ist seltsam still, ich nehme keine Geräusche von draußen mehr wahr. Die Wände scheinen noch besser isoliert zu sein als unten.

Wir huschen an mehreren Türen vorbei; nur eine steht offen. Darin erkenne ich eine Menge Computer und andere Technik, doch alles ist tot, nichts leuchtet auf.

»Was ist das hier?«, will Nate wissen.

»Eine Notfall-Kommandozentrale der Organisation, für die ich arbeite. Sollten Mitarbeiter in der Nähe zu tun haben, können sie mein Haus als Basis nutzen. Ich habe bis jetzt gedacht, dass ich für diese Räume nie Verwendung hätte, doch jetzt bin ich froh, dass auch eine Sicherheitsverwahrung eingerichtet wurde.«

Bei der letzten Tür angekommen, tippt Gabriel erneut eine Zahlenkombination ein. »Wir haben fünfzehn Minuten«, erklärt er, »dann aktiviert sich das Sicherheitssystem automatisch.« Als er aufmacht, flackert eine Neonröhre in dem dunklen Raum auf und ich kann den fremden Vampir sofort riechen, beziehungsweise die Mischung von dem Blut verschiedener Menschen. Er hängt festgekettet an einem massiven Andreaskreuz aus Stahl und trägt genauso dunkle Kleidung wie die anderen beiden Blutsauger von gestern Nacht.

»Du bringst Besuch für mich mit, wie nett«, sagt der junge Kerl spottend, obwohl es nicht aussieht, als hätte er hier oben viel Spaß. Er kann sich gerade ein paar Millimeter bewegen; sein Anzug besteht zum Großteil nur noch aus Fetzen. Getrocknetes Blut bildet einen Fleck zu seinen Füßen – das Messer liegt in einer Ecke des kahlen, gefliesten Raumes. Auch auf seinen kurzen, weißblonden Haaren sind Spuren vertrockneten Blutes zu erkennen. Hat Gabriel ihn gefoltert?

»Du verdammter Bastard!«, brüllt Nate und schubst Gabriel so fest, dass er mit dem Rücken gegen die Wand kracht. »Beth lebt mit dir in einem Haus, in dem du diesen Blutsauger gefangen hältst?!«

Gabriel bleibt stehen und fletscht knurrend die Fänge, während ich über den Anblick des Vampirs nicht weniger schockiert bin als Nate. Eine Etage tiefer haben wir seelenruhig geschlafen und hatten … Sex! Deshalb hat er mir nicht erzählt, was hier oben ist. Ich hätte kein Auge zugemacht!

»Der Kerl ist erst seit vorgestern hier und wird heute Nacht von meinen Leuten abgeholt«, sagt Gabriel und drückt Nate an der Schulter zur Seite. »Er kommt hier nicht raus. Die Stahlplatte vor dem Fenster hat Sensoren. Sobald er sie berührt – falls er es überhaupt schaffen sollte, seine Fesseln zu zerreißen –, gehen die UV-Strahler an.« Er deutet auf die zahlreichen an der Decke montierten Scheinwerfer. »Dasselbe gilt, wenn er das Kreuz verlässt. Der Boden ist ebenfalls mit Drucksensoren ausgestattet, die ich jetzt deaktiviert habe, damit uns der Kerl nicht verbruzzelt.«

»Es soll Vampire geben, die können fliegen«, grollt Nate.

»Falls es die wirklich gibt«, sagt Gabriel überheblich, »würden sie auch nicht aus diesem Zimmer fliegen können oder durch die Wände gehen oder sich teleportieren. Ein Vampir kann den Raum ohne meine Erlaubnis schlicht und einfach nicht verlassen.«

Nate kneift die Lider zusammen und verschränkt die Arme vor der Brust, sodass seine Muskeln noch imposanter erscheinen. »Und wie bitte, soll das funktionieren?«

»Diese Information ist streng geheim und werde ich dir nicht geben können. Strickte Anweisung des DPI.«

»DP… was?«

»Seiner Organisation«, erkläre ich und vermute, dass dieses Zimmer auch mit Kristallen oder einem Spezialbann gesichert ist. Schließlich muss man Vampire in ein Haus bitten, damit sie hereinkönnen, vielleicht kann man ihnen auch nur in ein Zimmer den Einlass erlauben, daher kann der Kerl weder durch das Haus noch durch das Fenster fliehen.

»Du bist also so eine Art Mitglied irgendeiner geheimen Gruppierung? Das kann ich unmöglich vor dem Rudel geheim halten. Niemand sollte auch nur in die Nähe deines Hauses kommen, und Beth nehme ich sofort wieder mit!«

»Beth ist nirgendwo sicherer als hier, das musst du mir glauben.« Er schenkt mir einen kurzen Blick, und in diesen Sekundenbruchteilen weiß ich, warum er mich lieber hier haben möchte. Er denkt, ich sei eine Gefahr für das Rudel!

Ich bin nicht Alissa!, sende ich ihm wütend zurück.

»Es bringt nichts, wenn wir uns gegenseitig bekriegen«, sagt Gabriel nun etwas ruhiger und deutet auf den Vampir. »Das hier ist der Feind. Gestern habe ich ihn mit seinem Messer gekitzelt, aber leider nur herausbekommen, dass er Alexei heißt. Ich vermute jedoch, dass er irgendwas mit dem Porter-Fall zu tun hat.«

»Porter-Fall?« Sofort steht Nate bei ihm. »Weißt du etwas über den Tod meines Vaters?«

Ich halte den Atem an und stelle mich dicht neben Nate, um meine Finger in seinen Unterarm zu krallen. Burts Tod ist immer noch Gesprächsthema im Rudel und sorgt für jede Menge Spekulationen. Das lastet schwer auf Nate.

Vorsichtig nickt Gabriel. »Ich fange besser von vorne an, damit die Zusammenhänge ersichtlich werden. Ursprünglich wurden Agenten auf diese Gegend aufmerksam, weil mehrere Vam-

pirbisse gemeldet wurden. Da hier bisher nie Vampire aufge-
taucht sind, sind wir der Sache mit größter Sorgfalt nachgegan-
gen und auf dein Rudel gestoßen, ebenfalls auf den ungelösten
Todesfall deines Vaters. Nach meiner Ankunft habe ich mir den
Tatort angesehen und gründlich recherchiert, auch über Hazels
Mutter Hannah, da mir in ihrem Haus einiges seltsam vorkam.
Was ich herausgefunden habe, dürfte dir nicht gefallen.«

Nates Gesicht verliert sämtliche Farbe. »War Hazels Mutter
also doch die Mörderin meines Vaters?«

Oh Gott, bitte nicht! Hazel und Nate sind so ein harmoni-
sches Paar, und das könnte einen Keil in ihre Beziehung treiben.

»Nein. Es war ein Vampir.«

»Was?« Ich lasse Nate los und drücke eine Hand an meine
Brust. »Deshalb gab es am Tatort keine Spuren. Er konnte fliegen, oder?«

Gabriel schüttelt den Kopf. »Nein, er besaß ein Artefakt, das
Gerüche bannt.«

»Du meinst, deinen Anhänger?«, frage ich.

»Ja, davon muss es mehrere geben. Meins hatte ich im Haus
unter einer lockeren Bodendiele gefunden. Neben ...«

»Das Artefakt gehört dir nicht!«, ruft Alexei dazwischen. Er hat
unserer Unterhaltung die ganze Zeit gelauscht und uns Giftbli-
cke zugeworfen.

Unsere Köpfe wenden sich ihm kurz zu, doch keiner spricht
mit ihm.

»Was habt ihr noch gefunden?«, will Nate wissen.

»Das Tagebuch von Hazels Mutter.«

Jetzt krallt Nate die Finger um Gabriels Arm. »Kann ich es sehen?«

Gabriel schüttelt seine Hand ab und macht einen Schritt rückwärts. »Es ist in Paris, aber ich kann es dir zukommen lassen,
wenn das hier vorbei ist.«

»Was steht drin?«

»Alles.«

»Mann, Gabriel, mach es doch nicht so spannend!« Mein Herz

klopft wild bis in den Hals, doch Nates Herz rast regelrecht.

»Hannah hatte einen heimlichen Liebhaber. Einen Vampir namens Grigori.«

Ich merke, dass viele Fragen in Nate brodeln, doch er hält verbissen den Mund, um sich anzuhören, was Gabriel zu erzählen hat.

»Grigori wollte ursprünglich nur Rache, weil ein Wolfswandler einst seinen Erschaffer getötet hatte. Was ihn an diesen Ort verschlagen hat, steht nicht im Tagebuch, doch als er herausgefunden hatte, wie viele Wandler in dieser Abgeschiedenheit leben, kam er auf die Idee, aus Rache das Porter- und das Burton-Rudel auszulöschen. Am Anfang nutzte er die Spannungen, die es ohnehin zwischen den Rudeln gab, in der Hoffnung, sie würden sich gegenseitig zerfleischen. Als das nicht klappte, hat er sich an Hannah herangemacht und versucht, sie zu manipulieren.«

»Und sie hat nicht bemerkt, dass er ein Vampir war?«, will Nate wissen.

Gabriel schüttelt den Kopf. »Zuerst nicht, denn er trug dieses Artefakt. Er hat sich ihr Vertrauen erschlichen und begonnen, im ganzen Haus Dämonenkraut zu verteilen. Ich habe es im Tee, in Gewürzen und sogar in Zigaretten gefunden.«

»Was ist Dämonenkraut?« Davon habe ich noch nie etwas gehört.

»Eine seltene Pflanze, völlig geruchs- und geschmacksneutral, die Dämonen in der Unterwelt züchten. Als Vampir hatte Grigori Zutritt zu Dämonenläden, denn diese Wesen arbeiten auch mit Vampiren zusammen, wenn sie sich dadurch Vorteile versprechen. Da Grigori Hannah nicht bezirzen konnte, sorgte das Dämonengras dafür, dass ihr Bewusstsein vernebelt und sie zur dunklen Seite gezogen wurde. Grigori war sich sicher, dass die Rudel sich auslöschen würden, wenn ein Alpha stirbt. Hannah besaß jedoch noch so viel Verstand, dass sie sich weigerte, Burt umzubringen. Also hat Grigori es selbst getan und Spuren am Tatort hinterlassen.«

Nate knurrt. »Jeder sollte denken, Hazel oder ihre Mutter wären die Mörderinnen.«

Gabriel nickt. »Hannah hat Hazel deshalb auch nach New York geschickt, um sie aus der Schusslinie zu haben. Ihr Ziel war es, Grigori zu töten, bevor alles noch mehr eskalierte. Obwohl er sie mit dem Dämonengras betäubt hatte, hielt sie immer noch zum Rudel. Sie war eine starke und sehr loyale Frau.«

Nate atmet hörbar auf. »Es wird Hazel freuen, das zu hören.«

»Sie hat Grigori dann tatsächlich getötet und zwar mit ihrem Blut. Wie genau, das hat sie nicht beschrieben. Rückstände seines Körpers konnte ich im Haus nachweisen, sie muss es im Badezimmer getan haben. Auf dem Boden waren die typischen Schmauchspuren, die ein Vampir hinterlässt, wenn er verbrennt.«

Ein Knurren dringt aus Alexeis Kehle, woraufhin Nate sagt: »Und was hat das jetzt alles mit dem Kerl hier zu tun?«

»Die Geschichte mit Hannah und Grigori geht noch weiter. Kurz bevor sie ihn getötet hat, wurde er von einem anderen Vampir kontaktiert. Hannah hat keine Details über ihn im Tagebuch vermerkt, jedoch änderte Grigori daraufhin seinen Plan. Plötzlich wollte er lebende Wandler haben, um sie jemandem auszuliefern, und zwar Kinder.«

»Was?« Ich erstarre.

»Hannahs Mutterinstinkt war trotz Dämonengras noch so stark, dass sie nicht nur Grigori, sondern auch den anderen Vampir umgebracht hat. Ihm hat sie wohl die Kehle durchgebissen und anschließend mit einem Küchenmesser den Kopf abgeschnitten.«

Ich erschaudere, und Nate sagt: »Aber das liegt doch schon Jahre zurück? Was hat dieser Kerl hier mit der Sache zu tun?«

»Ich wusste es bis vor Kurzem nicht, aber jetzt habe ich eine Ahnung.« Gabriel tritt dicht vor Alexei. »Du brauchst die Wandler, genau wie dieser Vampir damals. Deshalb bist du hier; ihr habt beide denselben Auftraggeber. Wolkow.«

Alexei hebt die Brauen. »Ah, der Name ist dir also geläufig.«

»Ich wusste es«, knurrt Gabriel. Sein Arm schnellt vor, und

schon liegen seine Finger an Alexeis Kehle. »Warum kommt ihr nach so vielen Jahren wieder hierher? Warum hat er dazwischen keine Daywalker erschaffen?«

»Daywalker?«, murmelt Nate, doch ich bedeute ihm, still zu sein.

»Mir ist nicht bekannt«, fährt Gabriel fort, »dass in den letzten fünfzig Jahren eine größere Anzahl Wandler spurlos verschwunden ist.«

Alexei grinst. »Ich wusste es, du arbeitest für das DPI. Dann ist das hier also nicht das Spielzimmer von dir und deiner Wandler-Schlampe.« Er lacht höhnisch. »Aber mit einer Sache liegst du völlig falsch. Es gibt keine Daywalker. Noch nicht. Sie sind nur ein Hirngespinst meines Herrn.«

Gabriel drückt die Finger tiefer in den Hals des Vampirs, seine Fänge fahren sich aus und seine Stimme klingt wie ein Knurren. »Was ist mit seiner Tochter?«

Immer noch kann ich kaum atmen. Alissa ... steckt sie hinter alldem? Wenn Alexei doch nur etwas über sie erzählen würde! Dann würde Gabriels Unsicherheit mir gegenüber endlich verschwinden.

Leider antwortet der Vampir: »Er hat keine Tochter.«

Als hätte sich Gabriel an ihm verbrannt, lässt er ihn los. »Na gut, dann muss ich schwerere Geschütze auffahren.«

Er wendet sich der Tür zu und befiehlt uns, die Augen zu schließen. Als er auf einen Schalter drückt, gehen die Lampen über unseren Köpfen an.

»Verdammt!« Nate kneift die Lider zusammen, und auch ich tue es ihm nach. Das Licht ist grell, und ohne Sonnenbrille schmerzt es in unseren Augen.

Ich muss jedoch abwechselnd auf Gabriel und den anderen Vampir schauen. Während sich Gabriels nackter Oberkörper nur minimal rötet, wirft Alexeis Haut schon nach Sekunden Blasen.

Er brüllt auf und starrt ihn trotz rauchender Lider hasserfüllt an. »Du bist ein Daywalker! Schließe dich uns an. Wolkow wird erfreut sein, dich zu sehen. Wer hat dich erschaffen?«

Alexei scheint wirklich nichts zu wissen.

Gabriel löscht das Licht, und ich atme auf.

»Wolkow hat mich erschaffen«, sagt er düster. »Wolkow und seine Tochter Alissa.«

»Ich kenne keine Alissa.« Alexeis Körper raucht immer noch, seine Kleidung schmort vor sich hin.

Gabriel tritt kurz in den Flur und kommt mit einem Feuerlöscher zurück, um den schwelenden Stoff zu löschen.

Geräuschvoll stellt er den Feuerlöscher neben Alexei ab und wedelt den Pulverrauch zur Seite. »Okay, fangen wir mit den einfachen Fragen an.«

»Wo ist Mr. Buttermaker?«, wirft Nate knurrend dazwischen, wobei er sich auf die andere Seite des Kreuzes stellt.

Alexei schenkt ihm keinen Blick. »Ich rede nicht mit Tieren.«

»Die meisten Kinder sind gerade auf einem Schulausflug«, sagt Gabriel, der uns Wandler offenbar wirklich genau beobachtet. Allerdings leben aktuell nicht viele Wandlerkinder in der Nähe. »Und Wolkow braucht Kinder. Ihr Blut ist für Vampire noch nicht so tödlich, wie das eines ausgewachsenen Wandlers.«

Alexei kichert, als wäre er verrückt geworden. »Oder das eines alten, der bald ins Gras beißt.«

Mein Atem stockt. An älteren Wandlern mangelt es uns nicht.

Jetzt ist es Nate, der die Fänge fletscht und ihm an die Gurgel geht. »Deshalb habt ihr Mr. Buttermaker entführt!«

»Besser einen alten Wandler als gar keinen«, murmelt Alexei zufrieden grinsend.

Gabriel begibt sich erneut zum Schalter. »Wo ist er? Und wo versteckt sich Wolkow?«

Als Alexei nichts sagt, geht das Licht abermals an. Der Vampir brüllt auf, seine Kleidung steht innerhalb von Sekunden in Flammen. »Schweigen ist Silber!«, ruft er lachend, als würde er keine Höllenqualen leiden.

»Es heißt: Reden ist Silber, Schweigen ist Gold, du Idiot!«, knurrt Nate. Er weicht zurück, da die Flammen immer höher schlagen.

»Silber!«, brüllt Alexei wie von Sinnen. »Silber…«

»Gabriel, du bringst ihn um!« Ich stelle mich vor ihn, um ihm in die Augen zu blicken. Ein irrer Glanz liegt darin. »Wenn er tot ist, bekommst du gar keine Informationen mehr.«

»So ist es«, krächzt Alexei, während Gabriel die UV-Lampen ausschaltet. Dem Vampir hängt die schmorende Haut in Fetzen vom Gesicht. Seine Lippen sind aufgeplatzt, die Lider verkohlt, von seiner Nase nur noch zwei Löcher übrig.

Mein Magen dreht sich um. Das verbrannte Fleisch stinkt widerlich und der Anblick ist furchtbar.

Nate löscht die brennende Kleidung, und ich kann den Vampir weiterhin kaum ansehen, so übel zugerichtet ist er. Ohne Blut wird er sich auch nicht mehr regenerieren.

»Bist du nun bereit zu reden?«, fragt Gabriel. »Oder hättest du gerne noch ein bisschen mehr gesunde Bräune?«

»Fick dich«, lallt Alexei, danach läuft Blut über seine Lippen.

Nate und ich rufen gleichzeitig: »Wandlerblut«, weil uns der würzige Duft in die Nase steigt.

Gabriel tritt auf ihn zu. »Verdammt, er muss eine Kapsel im Mund gehabt haben!«

Alexei grinst noch ein letztes Mal bestialisch, dann geht sein Körper in Flammen auf. Eine grelle Lichtsäule schießt bis zur Decke empor, bevor er zu Asche zerfällt und die Fesseln leer am Andreaskreuz baumeln.

Gabriel kneift die Lider zusammen und reibt sich kräftig über die Schläfen. Sein Gesicht ist blass.

Vorsichtig lege ich eine Hand auf seinen Arm. »Was hast du?« Hat ihn der Tod dieses Vampirs etwa mitgenommen? Ich fühle keinerlei Mitleid und hoffe, dass wir unser Rudelmitglied lebendig finden. Oder ist er schockiert, weil Alexei verbrannt ist?

»Wie konnte er Feuer fangen?«, möchte ich wissen. »Wie funktioniert das ohne Sonne oder UV-Licht?«

»Wandlerblut lässt die Zellen regelrecht explodieren«, erklärt er immer noch abwesend.

»Ich habe gespürt, dass dich etwas bewegt hat.«

Er schüttelt den Kopf. »Es ist nichts. Lasst uns Mr. Buttermaker suchen.«

»Sunblocker, ja?«, murmelt Nate, der uns aus dem Raum folgt.

Zügig geht Gabriel die Stufen hinunter. »Ich erzähle dir alles unterwegs.«

»Ja, du hast mir einiges zu erklären, *Daywalker*«, knurrt Nate. Er zückt sein Handy, kaum dass wir in Gabriels Arbeitszimmer angekommen sind. »Ich warte draußen auf dich. Ich muss ein paar Sucher zusammentrommeln und mit Hazel sprechen.«

Er wird ihr sicher sagen wollen, dass ihre Mutter keine Mörderin war. Ich bin froh, dass dieses Rätsel endlich gelöst ist. Ich hoffe, dass sich zwischen Gabriel und mir auch alles zum Guten wenden wird.

Ich folge Gabriel ins Schlafzimmer und sehe ihm zu, wie er die Jogginghose auszieht, sodass er nur in Shorts vor mir steht. Als er den Kleiderschrank öffnet, schenkt er mir keinen Blick. »Du bleibst im Haus. Agent Lill wird jeden Moment hier sein und auf dich aufpassen.«

Mit verschränkten Armen lehne ich mich an den Rahmen der Schlafzimmertür. »Ich möchte gerne mit euch kommen. Ich kann helfen. Außerdem wird tagsüber sicher kein Vampir unterwegs sein.«

»Vielleicht lässt Wolkow auch Dämonen für sich arbeiten, ich traue dem Kerl alles zu.«

Er macht sich Sorgen um mich, und ich will ihn nicht weiter reizen. »Okay, ich bleibe hier.«

Gabriel schlüpft in eine schwarze Cargohose, danach streift er sich ein langärmliches Shirt über. Es liegt wie eine zweite Haut über seinem Oberkörper, und ich erkenne jede Erhebung seiner Muskeln. Zu gerne würde ich ihn feste umarmen, mich an ihn schmiegen. Mir fehlt seine Nähe mit jeder Sekunde mehr.

Nachdem er schwarze Trekkingschuhe angezogen hat, schnappt er sich sein Handy vom Nachttisch, um in Höchstgeschwindigkeit etwas einzutippen. Sicher gibt er die Neuigkeiten bezüglich Wolkow an seine Organisation weiter. Anschließend steckt er das Smartphone in eine der zahlreichen Hosentaschen, wobei er mich immer noch nicht ansieht.

»Was war da oben los, Gabriel?«, frage ich behutsam und gehe auf ihn zu. »Du hast doch etwas gesehen, oder?«

Er kniet sich vor den geöffneten Schrank, schiebt am Boden einen Stapel zusammengelegter T-Shirts zur Seite, und ein Safe kommt zum Vorschein. Hastig gibt er einen Zahlencode ein. »Ich habe Alissas Tod gesehen.«

»Was?« Mein Herz schlägt ein paar donnernde Takte zu schnell, und ich schaue ihm atemlos zu, wie er eine kleine Pistole aus dem Safe holt und ein Magazin einführt.

»Als Alexei in Flammen aufgegangen ist, habe ich Alissa brennen gesehen«, sagt er leise.

Ich spüre ein Flattern im Magen und meine Hände zittern plötzlich. »Dann ist sie also tot?«

Er bestückt seine zahlreichen Hosentaschen mit Wurfsternen, bevor er den Safe schließt und aufsteht. Die Pistole schiebt er in ein kleines Holster. »Es hat sich so angefühlt.«

Erleichterung durchströmt mich und ich muss lächeln. »Dann kann ich auch nicht sie sein.«

Gabriel sieht mich mit dem kalten Blick eines Killers an, woraufhin mein Lächeln und alle Hoffnung sofort erlöschen. Blitzschnell kommt er auf mich zu, drückt mich mit seinem Körper gegen die Wand und raunt: »Ich wünsche mir das so sehr.«

»W-was«, frage ich, weil er mich mit seiner Nähe völlig durcheinander bringt. Vorsichtig lege ich die Hände an seine Hüften und genieße, wie sich seine große Gestalt an mich schmiegt.

Seine Lippen sind nur Millimeter entfernt. Darf ich ihn küssen?

»Was wünschst du dir?«, wiederhole ich, während sich seine Hand an meine Taille legt und er mir ins Gesicht keucht.

»Dass Alissa in der Hölle schmort«, antwortet er finster und lässt abrupt von mir ab.

Ein Schluchzer möchte sich aus meiner Kehle lösen, doch ich schaffe es, ihn hinunterzuschlucken. Ich spüre, dass Gabriel mich will, mich begehrt und sich stark zu mir hingezogen fühlt, doch dieses fiese Miststück steht immer noch zwischen uns.

Ich folge ihm, während er zur Haustür eilt und sich die Waffe samt Holster in die Hosentasche schiebt.

»Ist das eine Glock?«, möchte ich wissen, um ein unverfänglicheres Thema anzustimmen.

»Eine Sonderanfertigung des Departments«, gibt er nüchtern zurück. Anschließend nimmt er ein Käppi und seine Sonnenbrille von der Kommode im Flur und öffnet die Tür. Nate steht vor seinem Auto und telefoniert immer noch.

»Gabriel, warte!« Ich fasse nach seiner Hand, bevor er das

Haus verlassen kann. »Gib auf dich acht.«

Er zögert, dann dreht er sich zu mir um und sagt leise, sodass es Nate nicht hören kann: »Wenn ich nur wüsste, dass Alissa wirklich tot ist und sie nicht wiedergeboren wurde ...«

Wiedergeboren ... Plötzlich fällt mir der verrückte Nebenjob meiner Tante ein. »Tante Veronica! Sie macht Rückführungen, sie kann uns vielleicht helfen, etwas über Alissa herauszufinden.«

Gabriel nickt, sein Gesicht entspannt sich leicht. »Ja, lass uns das versuchen.« Er zieht mich kurz zu sich, um mir einen Kuss auf den Mundwinkel zu hauchen, raunt: »Bis später«, und joggt zu seinem Wagen.

Dieser zarte Kuss schenkt mir Zuversicht, dass alles gut werden wird. Es muss. Endlich habe ich den Mann fürs Leben gefunden – ich will ihn nicht schon wieder verloren haben.

»Passt auf euch auf!«, rufe ich Gabriel und Nate zu, und jeder der Männer steigt in sein eigenes Fahrzeug. Ich schaue zu, wie sie davonfahren und nur eine Staubwolke zurücklassen. Am liebsten würde ich mich sofort in einen Wolf verwandeln, um zur Farm zu laufen.

Was soll ich hier allein? Ich kann nichts tun. Und dieser Agent, der auf mich aufpassen soll, ist immer noch nicht da. Die vom DPI scheinen es mit Pünktlichkeit nicht genau zu nehmen. Doch ich habe Gabriel versprochen, ein braves Mädchen zu sein. Also schließe ich die Haustür und hole mein Handy aus dem Korb von Hazel. Sofort wähle ich Veronicas Nummer und bete, dass sie schon wach ist. Sie arbeitet als Kellnerin und hat meistens Spätschichten, aber bereits nach dem dritten Klingelton ist sie dran.

»Elisabeth? Ist etwas passiert?«, dringt ihre schrille Stimme aus dem Smartphone.

Nur sie ruft mich bei meinem Geburtsnamen. Ich habe mich in der Schule schon lieber Beth genannt, denn Elisabeth klingt so altbacken. »Wieso soll denn etwas passiert sein?«, frage ich, wobei ich künstlich lache. Veronica hat eben einen siebten Sinn.

»Was ist los, Schätzelchen? Geht es um einen Typen? Ich will alle Details!«

Und während ich meiner Tante alles erzähle – na ja, fast alles, den Part mit der Geheimorganisation lasse ich natürlich aus –, fühle ich, wie eine kleine Last von mir fällt. Ich tigere von einem Zimmer zum nächsten und frage mich ununterbrochen, was passieren wird, wenn ich tatsächlich die Reinkarnation von Alissa bin. Immerhin habe ich jahrelang in meinen Träumen Gabriels Augen gesehen! Doch das würde auch bedeuten, Alissa ist tatsächlich tot. Alexei kannte Alissa nicht. Ob Gabriel sie umgebracht hat? Würde er dann auch mich töten?

Ich schlucke heftig und habe das Gefühl, allein in diesem Haus zu ersticken. Daher gehe ich aus der Hintertür und setze mich auf die Verandabank. Der Blick in den verwilderten Garten mildert meine Nervosität.

»Ich nehme sofort den nächsten Bus«, sagt Veronica, nachdem sie über das meiste im Bilde ist.

»Musst du nicht arbeiten?«

»Ich melde mich krank.« Sie hört sich besorgt an. »Du bist in ernsten Schwierigkeiten, da lasse ich meine Nichte sicher nicht hängen. Ein Daywalker, ist das die Möglichkeit!« Ich höre das vertraute Quietschen ihrer Badezimmertür, danach schaltet sie die Dusche an. »Heute Abend bin ich bei euch.«

»Danke«, antworte ich und verabschiede mich. Ich bin wirklich froh, dass sie kommt.

Seufzend lege ich das Handy neben mir auf die Bank und schließe die Augen. Die letzten Tage in meinem Leben waren ziemlich schräg. Hoffentlich kann Tante Veronica etwas für uns tun.

»Es wird Gabriel nicht gefallen, dass du hier draußen bist«, vernehme ich plötzlich ein zartes, hohes Stimmchen direkt an meinem rechten Ohr.

Sofort reiße ich die Lider auf und drehe den Kopf in diese Richtung. Auf der Rückenlehne hockt ein kleines weibliches Wesen in einem grasgrünen Kleidchen mit schillernden Flügeln, ähnlich einer Libelle. Es ist kaum größer als meine Handfläche, und die nackten Zehen und Finger sind so zart, dass ich die winzigen Nägel nur erkennen kann, weil sie grün lackiert sind. Auf dem Kopf trägt es einen Gänseblümchen-Hut, unter dessen weißer Krempe blaue Augen hervorstrahlen. Das grazile Gesicht erinnert mich an eine Porzellanfigur.

Nachdem ich eine gefühlte Ewigkeit auf die Gestalt gestarrt habe und sie mit ihren glitzernd-blauen Augen zurückgestarrt hat, frage ich: »Wer bist du?«

»Agent Lill«, sagt das niedliche Wesen. »Ich wurde zu deinem Schutz herbestellt.«

»Aaaah … ja«, antworte ich gedehnt und kann meinen Blick nicht von dem zuckersüßen Geschöpf abwenden. Ob ich eingeschlafen bin? »Bist du eine …?« Nein, die gibt es schließlich nur im Märchen.

»Ich bin zu neunzig Prozent Fee, zehn Prozent Nymphe«, erwidert Lill verschnupft. »Erkennst du das nicht?« Sie nimmt ihren Gänseblümchen-Hut ab und legt ihn in ihren Schoß, woraufhin kurze blonde Haare zum Vorschein kommen. »Wieso gucken die Leute alle so blöd, wenn sie mich zum ersten Mal sehen? Liegt es an meinem Hut? Gefällt er dir nicht?«

»Äh … ich … liebe Gänseblümchen.« Vorsichtig räuspere ich mich, um das zarte Ding nicht zu erschrecken. »Ich bin nur noch nie einer Feen-Nymphe begegnet.«

»Ich zeige mich auch niemandem, höchstens Kindern. Die wissen mein Outfit zu schätzen und basteln mir gerne neue Hüte.« Sie flattert mit ihren schillernden Libellenflügeln und erhebt sich. Vor meiner Nase bleibt sie wie ein Kolibri in der Luft stehen. »Doch es wundert mich, dass dir mein Anblick die Sprache verschlägt, schließlich kannst du dich in einen Wolf verwandeln.«

»Sagtest du, dass du ein *Agent* bist?«

Nun huscht ein Lächeln über ihre schmalen Lippen. »Das vermutet niemand, oder? Ich versuche, mich möglichst unauffällig zu verhalten, ganz wie eine echte Fee.« Lill dreht sich in der Luft einmal im Kreis, und ihr kurzes Kleid schwingt über ihre Oberschenkel.

Um das Wesen nicht noch mehr zu beleidigen, verkneife ich mir einen Kommentar. Wie soll mich diese süße Fee vor Unheil bewahren können? Sie ist winzig wie eine Blume und gewiss genauso zerbrechlich.

Mein Beschützerinstinkt regt sich und ich erhebe mich, damit wir reingehen können. Gabriel würde es mir sicher nicht verzeihen, wenn der kleinen Fee etwas passiert. Im Haus sind wir beide wirklich sicherer.

Lill schwebt hinter mir her, und nachdem wir drin sind, verriegle ich die Tür gewissenhaft. Als ich mich umdrehe, entfährt mir ein überraschter Laut. »Hast du mich erschreckt!«

Vor dem Küchentisch steht eine wunderschöne junge Frau in einem grünen Kleid. Es ist unverkennbar Lill, nur eine lebensgroße Ausgabe ohne Flügel. Ihr Gesicht wirkt weniger koboldhaft, sondern ist von solch einer sinnlichen Schönheit, dass ich kaum den Blick von ihr nehmen kann.

Keck lächelt sie mich an. »Gabriel hat dir wohl nichts über mich erzählt?«

»Kein Wort.«

Sie setzt sich auf den Küchentisch und lässt die langen Beine baumeln. Neben ihr liegt der winzige Gänseblümchen-Hut, den sie vor ihrer Vergrößerung anscheinend abgenommen hat. Grinsend fährt sie sich über das kurze blonde Haar, woraufhin mir ihre spitzen Ohren auffallen. »Ich sehe bestimmt schrecklich aus.«

»Du bist wunderschön«, sage ich und meine es auch so.

»Ich finde dich ebenfalls sehr hübsch. Wir könnten Schwestern sein. Du hast denselben Kleidergeschmack wie ich.« Sie hüpft vom Tisch und geht um mich herum. Dann zupft sie an meinem dunkelgrünen Trägerkleid.

»Wo sind deine Flügel?« Immer noch kann ich nicht den Blick von ihr nehmen. Auf ihren hohen Wangen liegt eine zarte Röte, ihre Lippen glänzen, als wären sie mit Erdbeergelee überzogen, und im Blau ihrer Iriden scheinen ständig winzige Silbersterne zu explodieren. Ich habe noch nie etwas Schöneres gesehen.

»Ich kann meine Flügel verschwinden lassen, wann immer ich will. Einfacher Feenzauber.«

»Warum schickt die Organisation gerade dich? Hast du spezielle Qualitäten?« Mein Gesicht glüht, als mir die Doppeldeutigkeit meiner Worte klar wird.

»Oh, ich habe viele Qualitäten.« Sie fasst mich an der Hand und zieht mich ins Wohnzimmer. Dabei hinterlassen ihre zierlichen, nackten Füße keinen Laut auf dem Boden. »Ich würde gerne wissen, was zwischen dir und Gabriel läuft. Seit Jahren versuche ich, sein Interesse zu wecken, doch dieser Vampir ist kälter als Eis.«

Sie weicht meiner Frage aus, und ich habe nicht das Bedürfnis, nachzuhaken. In ihrer Gegenwart fühle ich mich wohl und rundum zufrieden. Nur der Vorfall zwischen Gabriel und mir nagt an meinem Herzen. Daher erzähle ich Lill die Kurzversion über unsere Beziehung und alles, was ich über Alissa weiß, als wäre diese Fee eine uralte Freundin. Keine Ahnung, warum ich das tue und ob Gabriel überhaupt damit einverstanden wäre, aber ich kann meinen Redefluss nicht stoppen. Die Worte fallen einfach aus meinem Mund.

Erst als ich stoppe, bemerke ich, dass wir beide auf der Couch sitzen, Lill dicht neben mir, und sie förmlich an meinen Lippen hängt.

»Oh, du Glückliche«, sagt sie schließlich lächelnd und ihre Augen blitzen. »Gabriel ist schon ein ganz besonderes Leckerli.«

»Er ist mein Gefährte.«

»Hm, ja, leider.« Sie stößt einen langen Seufzer aus. »Aber keine Angst, ich lasse ihn in Ruhe. Ich stehe ohnehin mehr auf Frauen.« Bei ihrem Grinsen wird mir heiß.

Ich eigentlich nicht so, möchte ich antworten, doch meine Zunge liegt wie ein Stein in meinem Mund.

Ihr Lächeln erlischt. »Es tut mir sehr leid für euch, dass so ein Biest zwischen euch steht. Gabriel hat es verdient, glücklich zu werden.«

In meinem Kopf dreht sich alles, während sie mich intensiv anschaut. In ihren blauen Iriden scheinen Blitze zu zucken.

»Du kannst doch ein bisschen Zaubern, oder?«, frage ich.

»Hm«, summt sie und wirft mir verträumte Blicke zu.

»Kannst du feststellen, ob Alissa in mir steckt?«

Keine Sekunde später sitzt sie auf meinem Schoß und drückt mich an den Schultern zurück gegen die Lehne der Couch. »Ich kann es versuchen.«

Ich spüre Lill kaum auf mir, sie scheint nicht mehr als ein Kissen zu wiegen, trotzdem ist sie kräftig wie ein Mann.

Sie lässt meine Schultern los, sodass ihr Hintern auf meinen Oberschenkeln unsere einzige Verbindung ist. Dann hält sie die gespreizten Finger dicht über mein Gesicht. Leuchtende Energiefäden scheinen aus ihnen zu wabern; wie schnell wachsende Ranken schießen diese glühenden Strahlen überall aus ihrem Körper. Ihre Lider flattern und fallen schließlich zu, und als sich ihr Mund öffnet, dringt auch dort dieses Licht heraus. Es umfließt mich, die Ranken züngeln an meiner Haut. Während sie in mich eindringen, in jede meiner Poren, meine Nase, meine Ohren, fühle ich eine prickelnde Wärme.

»Hab keine Angst«, wispert Lill. »Es wird nicht wehtun.«

Ich habe keine Angst, denke ich und sinke tiefer auf die Couch. Meine Lider werden schwer, und ich gebe mich Lills »Behandlung« hin, weil ich nicht anders kann, als sie zu genießen. Zwei Energiefäden schummeln sich in meinen Ausschnitt, legen sich um meine harten Nippel und ziehen sich zu. Der zarte Schmerz ist köstlich und schießt direkt zwischen meine Beine. Ich öffne sie leicht und merke, wie sich auch dort ein dickerer Faden den Weg zu meinem Schoß bahnt. Da ich kein Höschen trage, hat er leichtes Spiel, drängt meine Schamlippen auseinander und findet meine Klitoris. Er saugt sich daran fest, und ich versinke stöhnend in wirren erotischen Träumen von Gabriel und mir. Mein Gefährte leckt mich und beißt mich zart.

Meine Arme fallen schlaff zu beiden Seiten auf die Sitzfläche, während ich mein Becken gegen einen unsichtbaren Liebhaber stoße.

»Du willst mehr, Süße?«, höre ich Lills Stimme wie aus weiter Ferne.

Ich öffne den Mund, um ihr ein Ja entgegenzuhauchen, schon dringt auch dort eine dickere Energietentakel ein. Wie Honig gleitet sie meinen Hals hinunter, fließt in meinen Magen und von dort aus verteilt sie sich weiter in jedes Organ. Ich fühle mich schwerelos und spüre die Couch nicht mehr in meinen Rücken. Ich scheine abzuheben, traue mich jedoch nicht, die Augen zu öffnen, aus Angst, das berauschende Gefühl würde vergehen.

Ich schwebe auf dem Rücken und meine Beine werden gespreizt. Etwas Dickes bohrt sich in mich, warm und kribbelnd, und zupft an meinem Inneren. Als es mich schließlich ganz ausfüllt, schwillt es weiter an und übt Druck auf meine Lustpunkte aus. Die Energietentakeln um meiner Klit und den Nippeln zerren an mir.

Für den Bruchteil einer Sekunde sehe ich Lill über mir, gehüllt in goldenes Licht, wobei sogar Strahlen aus ihren Augen kommen. Sie fahren in meinen Kopf, doch ich spüre keinerlei Schmerzen, nur Lust und einen tiefen Frieden mit mir selbst.

Während mich reine Energie umgibt und jeder Millimeter meiner Haut kribbelt, stößt die dicke Tentakel fester in mich. Das Saugen an meiner Klit nimmt zu, meine Nippel müssen mehr süße Folter ertragen.

Ich kann den Höhepunkt nicht länger zurückhalten, auch wenn ich dieses köstliche Lustgefühl für immer genießen möchte. Hitze flutet meinen Schoß, meine Nippel pochen und mein Kitzler steht unter Strom. Die gesamte Energie entlädt sich, weicht explosionsartig aus mir. Ich spüre den Höhepunkt überall in meinem Körper, und wie ein Echo schießt er noch einige Male hin und her, bevor ich mich schwer atmend auf der Couch wiederfinde.

Lill sitzt noch auf meinem Schoß und atmet genauso schwer wie ich. »Wow, Beth! Deine sexuelle Energie ist unglaublich!

Schade, dass ich kein Sukkubus bin, deine Energie hätte mich für einen Monat satt gemacht.«

»W-wieso hast du …« Mein Gesicht brennt vor Scham. Lill hat mich in meinem leidenschaftlichsten, intimsten und verwundbarsten Moment gesehen. »War es nötig, dass ich …«

Sie nickt und sagt immer noch atemlos: »Ging nur so.«

Nachdem sie von meinem Schoß gerutscht ist und ihr grünes Kleid glattgestrichen hat, ziehe ich die Beine an.

Lill bleibt schwankend vor mir stehen. »Während des Höhepunktes lösen sich für einen Moment Körper und Geist und ich kann tief in das Unterbewusstsein vordringen.«

Ich bin zu gespannt, ob sie etwas herausgefunden hat, traue mich aber noch nicht zu fragen, denn irgendwas stimmt mit ihr nicht. Sie geht taumelnd in die Küche, und ich folge ihr.

»Alles okay mit dir, Lill?«

»Hm.« Sie nimmt meinen angebissenen Apfel und beißt herzhaft hinein. »Ich muss nur etwas essen.«

Als sie den ganzen Apfel verputzt hat, gähnt sie. »Und schlafen. Du bleibst solange im Haus, ja?«

»Ja«, antworte ich.

Lill nimmt auf dem Küchentisch Platz und beginnt in Windeseile zu schrumpfen, bis sie so klein ist wie zuvor. Sie setzt ihren winzigen Hut auf, dreht sich auf den Bauch und ihre Flügel brechen hervor.

»Lill?«, wispere ich. »Konntest du sehen, ob ich die Reinkarnation von Alissa bin?«

»Nein«, antwortet sie mit fiepsiger Stimme, »aber ich habe gesehen, dass du Gabriel aufrichtig liebst. Es ist eine junge Liebe, die noch wachsen muss, schließlich habt ihr gerade erst erfahren, dass ihr füreinander bestimmt seid. Aber ich erkenne nichts Dunkles in deinem Herzen. Keine böse Alissa in Sicht.«

Das zu hören erleichtert mich sehr. Am liebsten würde ich sofort Gabriel anrufen, leider kenne ich seine Handynummer nicht.

Lill gähnt herzhaft und bleibt auf dem Bauch liegen. Offenbar hat sie der Akt sehr mitgenommen.

»Lill?«, frage ich leise, doch sie antwortet nicht.

Vorsichtig hebe ich die kleine schlafende Fee auf die Hände, trage sie ins Schlafzimmer, lege sie auf Gabriels Kopfkissen und decke sie mit einem Taschentuch, das ich aus der Nachttischschublade hole, zu. Danach gehe ich zurück in die Küche.

Verrückt. Hatte ich gerade Sex mit einer Fee? Oder habe ich mir alles eingebildet?

Nein, das war echt; ich bin immer noch feucht zwischen den Beinen und kann meine Lust riechen. Außerdem habe ich Hunger.

Ich mache mich über die Köstlichkeiten her, die Hazel mir eingepackt hat, und zerbreche mir pausenlos den Kopf, wo die Vampire Mr. Buttermaker gefangen halten. Falls er überhaupt noch in der Nähe ist.

Als ich plötzlich vor dem Haus ein leises Klingeln höre, zucke ich zusammen, bis mir bewusst wird, dass ich den Ton kenne. Es kommt von meinem Handy, das ich auf der Verandabank liegen gelassen habe!

Schnell hole ich das Telefon herein und gehe ran. Es ist Nate.

»Hey, ist alles okay bei euch?«, will ich wissen.

»Alles bestens«, sagt er. »Leider haben wir noch keine Spur. Ich wollte nur hören, ob bei dir alles in Ordnung ist. Ich bin die nächsten Stunden wieder in Wolfsgestalt unterwegs.«

»Ja, mir geht es gut.« Es tut mir ein wenig weh, dass Nate sich erkundigt und nicht Gabriel. »Und bei euch? Vertragt ihr euch?«

»Gabriel ist gar nicht mal so übel«, antwortet Nate mit gesenkter Stimme. Offenbar ist Gabriel in der Nähe. »Er fragt, ob Agent Lill bei dir ist.«

»Ja, sie ist da.« Erneut erhitzt sich mein Gesicht. Wie wird Gabriel reagieren, wenn er erfährt, was hier gerade passiert ist? Ob es ihn überhaupt interessiert?

Schweren Herzens verabschiede ich mich von Nate, weil die beiden weiterhin die Gegend absuchen müssen, und komme mir verlassen und nutzlos vor. Lill schläft, also habe ich auch niemandem zum Reden.

Ich überlege, ob ich den Fernseher anschalten soll, aber dann gehe ich in Gabriels Arbeitszimmer. Vielleicht finde ich ein Buch, das er geschrieben hat. Daher stelle ich mich vor die Regale und überfliege die Titel auf den Buchrücken. Lange muss ich nicht suchen, denn ich entdecke über dreißig Bücher des Autors Philippe Nemours. Wow, da war Gabriel aber fleißig.

Wahllos ziehe ich ein in schwarzes Leder gebundenes Buch hervor. In goldenen Lettern steht auf dem Einband: *Der Werwolf von Saint-Louis – Inspektor Morels zweiter Fall.*

Das klingt nach einer interessanten Krimireihe, und über Werwölfe wollte ich schon immer etwas wissen. Sie haben mit uns Wolfswandlern nicht viel gemein, außer dass sie sich auch in Wölfe verwandeln können. Bisher habe ich immer geglaubt, sie wären eine Erfindung der Menschen, die einmal einem Wandler begegnet sind und den Rest dazugedichtet haben. Aber offenbar gibt es diese Wesen wirklich. Ein Mensch kann durch den Biss eines Werwesens zu ebensolchem werden und ist gezwungen, sich bei Vollmond automatisch in einen Wolf zu verwandeln und sich von Menschenfleisch zu ernähren.

Am liebsten würde ich mich mit dem Roman wieder auf die Veranda setzen, doch ich gehöre ganz sicher nicht zu den hilflosen und dämlichen Buch- und TV-Heldinnen, die sich ständig in Gefahr bringen. Das hier ist das echte Leben und ich bin Polizistin. Daher möchte ich am liebsten zur Dienststelle fahren, um meine Pistole zu holen, die ich während meines Urlaubs sicher in der Waffenkammer verwahrt habe. Ich mache es bloß nicht, weil ich weiß, dass ich selbst mit einer Schusswaffe kaum eine Chance gegen einen Vampir habe und weil ich Gabriel versprochen habe, hierzubleiben.

Im Schneidersitz hocke ich mich auf die Couch und klappe das Buch in der Mitte auf.

… und die ausgefransten Wundränder deuten darauf hin, dass sie es erneut mit einem Werwolf zu tun hatten. Die inneren Organe der Frau glichen Hackfleisch und ihr Herz fehlte. Inspektor Morel machte mehrere Fotos von der Leiche, dann be-

gab er sich zu seinem Wagen. Er musste endlich das Versteck dieser Bestie finden, sonst würde das Morden nie aufhören ...

In den nächsten zwei Stunden überfliege ich die Seiten, doch wirklich auf den Text konzentrieren kann ich mich nicht, schließlich müssen wir auch jemanden finden: Mr. Buttermaker.

Ich klappe das Buch zu und lasse noch einmal Alexeis Worte Revue passieren. Kurz bevor er sich umgebracht hat, klang er wie ein Wahnsinniger, wie jemand, der zwar aufgrund der Folterqualen reden will, aber nicht kann, weil er gehindert wird. Durch einen Zauber vielleicht.

Schweigen ist Silber, Silber ... hat er ständig gerufen.

Oh mein Gott!

Ich springe auf, sodass das Buch auf den Boden fällt, und laufe zur Küche, um mit meinem Handy Nate anzurufen. Ich weiß, wo die Vampire Mr. Buttermaker gefangen halten könnten: in der ehemaligen Silbermine! Sie liegt etwa fünf Meilen außerhalb der Stadt und war bis vor wenigen Jahren eine Touristenattraktion. Sie wurde jedoch abgesperrt, nachdem ein Stollen eingestürzt ist. Das wäre das perfekte Versteck!

Hastig wähle ich Nate an, aber er geht nicht dran. Natürlich nicht, schließlich läuft er gerade in Wolfsgestalt irgendwo durch den Wald und das Telefon liegt bestimmt in seinem Wagen. Verdammt!

Eine Freisprecheinrichtung für Wandler muss dringend erfunden werden. Kurz taucht ein Bild vor meinem geistigen Auge auf: ein Wolf, der verkabelt durch den Wald rennt und telefoniert.

Na ja, eigentlich kann er nur zuhören und ein paar Laute geben, aber das wäre jetzt besser als nichts. Und warum kenne ich als Gabriels Gefährtin immer noch nicht seine Nummer!?

Schnell schicke ich eine Nachricht an Nate, dass ich unterwegs zur Silbermine bin, weil ich dort unser vermisstes Rudelmitglied vermute, danach rufe ich: »Lill!« Vielleicht kann sie helfen. Jede Minute zählt, und da ich nicht weiß, wann Nate die Nachricht bekommt, muss ich selbst hin.

»Warum schreist du denn so?« Sie sitzt auf dem Rand des Korbes und rückt ihren winzigen Hut zurecht. »Bin längst hier. Bei dem Lärm, den du machst, kann doch keiner schlafen.«

»Kannst du Gabriel irgendwie erreichen? Oder kennst du seine Handynummer?«

»Handy?« Ihre hohe Stimme überschlägt sich. »Mit diesem Schnickschnack habe ich nichts zu schaffen. Wir Feen kommunizieren mental miteinander.«

Gott sei Dank! »Kannst du dann Gabriel mental anfunken?«

Sie legt den Kopf schief und tippt sich ans Kinn. »Ist er eine Fee?«

Ich verdrehe die Augen. »Wie setzt sich denn eure Organisation mit dir in Verbindung?«

Lill zuckt mit ihren schmalen Schultern. »Na, die haben natürlich eine Fee in der Zentrale sitzen. Enya, diese olle Ziege. Ist nicht gerade die schnellste.«

»Kannst du ihr dann eine Nachricht übermitteln, die sie Gabriel weitergibt?«

Sie reckt ihre Ärmchen in die Luft und gähnt. »Natürlich.«

Ich atme auf. »Okay, dann richte ihm aus, er soll zur alten Silbermine kommen, Nate weiß, wo sie ist.«

Als Lill nichts sagt, frage ich: »Und? Willst du nicht endlich mit der Übertragung ...«

»Hey, die Nachricht ist längst raus. Was hast du vor?«

»Ich weiß vielleicht, wo Mr. Buttermaker steckt. Kommst du mit?«

»Natürlich komme ich mit.«

Ich bin so überrascht, dass sie nicht versucht, mich aufzuhalten, dass ich sie bloß anstarren kann.

»Was?«, fragt sie und zuckt erneut mit den Schultern. »Endlich passiert mal was, ich hab schon gedacht, es gibt gar keine Action mehr.«

»Und was ist mit deinem Auftrag, mich zu beschützen, kleine Action-Elfe?«

»Action-*Fee*, bitte sehr. Und das mach ich doch nebenher.«

Aufgeregt flattert sie zur Verandatür. »Süße, du zeigst mir die Mine, den Rest erledige ich.«

Ich habe ja schon eine von Lills Qualitäten kennengelernt und bin gespannt, was noch in ihr steckt. Allerdings gähnt sie ununterbrochen. Daher frage ich: »Möchtest du noch etwas essen?«

»Ich suche mir draußen was.«

»Okay.« Damit ich jetzt nicht doch wie die dumpfbackigen Weibchen aus irgendwelchen Horrorgeschichten handle, die nicht auf den Helden hören können und sich unnötigerweise in Gefahr bringen, muss ich mir überlegen, wie ich mich schützen kann. Schließlich befinde ich mich nicht in einem Buch – das ist das echte Leben! Ich muss Vorkehrungen treffen. Falls in dem Stollen Vampire sind …

»Das Artefakt!« Ich habe nicht gesehen, dass Gabriel es mitgenommen hat.

Ich laufe ins Badezimmer, hole die blutverschmierte Hose aus dem Wäschekorb – warum zur Hölle haben wir sie nicht weggeschmissen? – und ziehe den Anhänger aus der Tasche. Ich knote die zerstörte Kette zusammen und lege sie um meinen Hals, anschließend schlüpfe ich aus dem Kleid. Die goldene Kugel liegt schwer und kühl zwischen meinen Brüsten, und ein Schaudern durchläuft mich. Hoffentlich hat das Ding keine Nebenwirkungen.

Lill flattert neben meinem Kopf hin und her. »Süße, für eine weitere Nummer bin ich noch nicht bereit.«

Ohne ihr eine Antwort zu geben, weil mir der Vorfall immer noch ein wenig peinlich ist – ich und eine Fee, ist das zu fassen! – lege ich das Handy in die Mitte des Stoffes und verknote ihn darum. Anschließend gehen wir auf die Veranda, ich schließe die Tür ab und nehme das Kleiderbündel in den Mund.

»Jetzt verstehe ich«, sagt Lill. »Wo geht es denn lang?«

Ich deute über den verwilderten Garten und nuschele: »Ungefähr fünf Meilen in diese Richtung.« Dann verwandele ich mich in einen Wolf.

»Du hast sicher nichts dagegen, wenn ich mir diesen wilden Ritt nicht entgehen lasse.« Lachend krallt sie sich zwischen meinen Ohren ins Fell. Die Kette des Anhängers benutzt sie als Zügel. »Yee-haw, los geht's!«

Ich glaube eher, dass Lill noch zu müde zum Fliegen ist. Außerdem ist sie ein klein wenig durchgeknallt. Aber ich mag sie trotzdem oder gerade deshalb.

Ich sprinte mit der kleinen Fee in meinem Nacken los und hoffe, dass wir Mr. Buttermaker dort finden – und zwar lebend.

»Sommerflieder, Wasserdost und Flammenblumen!«, ruft Lill verzückt, schwebt zu einer großen rosa Blüte in meiner Nähe und versenkt den Kopf darin. »Sehr reich an Nektar, genau das, was ich brauche.«

Im Schutz der Wiese wandle ich mich zurück in einen Menschen, ziehe mein Kleid über und werfe einen Blick auf mein Handy. Nichts, keine Nachricht, kein verpasster Anruf. Mist!

Während Lill von einer Blume zur nächsten flattert, nehme ich die Umgebung in Augenschein. Um uns herum gibt es nichts als Wald, Wiesen und eine halb zugewucherte Kiesstraße, die zu einem Hügel führt. Darin befindet sich der Eingang zur Mine. Er ist mit einem Eisentor verschlossen, allerdings erkenne ich von meiner Position aus, dass jemand das Schloss aufgebrochen hat.

Mein Pulsschlag beschleunigt sich.

»Soll ich reingehen, Lill?«, frage ich leise. Ich trage das Artefakt und hoffe, dass es auch bei mir funktioniert und mich Vampire nicht wittern können.

Lill schwebt zu mir und wischt sich gelben Blütenstaub von der Nase. »Gabriel bringt mich um, wenn ich dich da allein reinlasse. Ich mache mich unsichtbar, fliege in den Stollen und gebe dir sofort Bescheid, wenn ich etwas sehe.«

»Okay.« Geduckt schleiche ich zur schweren Tür, ziehe sie ein Stück auf und Lill flitzt in die Dunkelheit. Dann gehe ich wieder in Deckung.

Während ich warte, starre ich abwechselnd auf den Eingang zur Mine und auf mein Handy. Wo stecken Gabriel und Nate bloß? Welcher Fährte folgen sie? Gewiss einer falschen, wenn sie so lange brauchen; die Vampire sind schließlich nicht dumm. Sie haben ihre Spuren bestimmt geschickt verwischt.

Gerade als ich überlege Nates Bruder Zac anzurufen, taucht Lill wie aus dem Nichts vor mir auf.

»Verdammt«, zische ich. »Erschrick mich nicht so!«

»Ich habe nur einen Vampir gesehen und einen alten, grauhaarigen Mann«, erklärt sie mit ihrer fiependen Stimme.

»Mr. Buttermaker! Wie geht es ihm?«

Sie lässt sich auf meiner Schulter nieder und hält sich an meinem Ohr fest, was ein wenig kitzelt. »Er hat die Augen geschlossen, als würde er schlafen, seine Lippen sind ganz trocken und er bewegt sich nicht. Doch er atmet. Seine Aura strahlt leider nicht so kräftig, wie sie soll.«

»Du kannst seine Aura sehen?«

Lill nickt. »Von allen Wesen.«

»Ich muss ihn rausholen!«

»Dort drin ist zwar nur ein Jungvampir, aber auch die sind nicht zu unterschätzen.«

»Wieso weißt du, dass seine Wandlung noch nicht so lange zurückliegt?«

»In seiner Aura züngeln noch ein wenig menschliche Lichtkränze auf.«

Nervös kaue ich an der Innenseite meiner Unterlippe herum. »Gabriel müsste die Nachricht doch längst bekommen haben, oder?«

»Hm«, summt sie an meinem Ohr. »Wie ist hier draußen der Handyempfang?«

»Schlecht.« Verdammt, ich muss dem alten Mann helfen! »Ich muss da rein, Lill.«

Seufzend fliegt sie von meiner Schulter. »Ich weiß.« Sie stellt sich neben mich, legt ihren Gänseblümchenhut auf der Wiese ab und prompt wächst sie wieder auf Menschengröße. Ihre Flügel sind verschwunden, und ihr grünes Kleid schmiegt sich an ihre sinnlichen Kurven. Erneut fällt mir auf, wie faszinierend ihre blauen Augen sind.

»Warum setzt du immer dein Hütchen ab, wenn du dich vergrößerst?«, möchte ich wissen.

»Das wächst leider nicht mit.«

»Dein Kleid schon?«

»Ja, ich wasche es mit Magic-Grow. Dieses Mittel ist verdammt teuer und das gibt es nur bei Circe-Online.«

Sie besorgt sich Waschmittel im Online-Versand? »Wie war das mit dem neumodischen Schnickschnack?«

»Ausnahmen bestätigen die Regel. Außerdem lasse ich es meine Nichte für mich kaufen, die hat einen Computer und eine Wäscherei, die braucht das in rauen Mengen«, sagt sie grinsend und greift nach meiner Hand. »Und jetzt komm.«

»Ich habe keine Waffen dabei.«

»Dir wird nichts geschehen, sonst würde ich dich nicht dort reinlassen.«

»Da bist du dir sicher?«

»Ich bin eine Fee. Na ja, zum Teil Nymphe, wie du weißt, daher habe ich nicht so viel Zauberkraft und hellseherische Fähigkeiten wie meine Schwestern. Aber ich weiß, dass dir in den nächsten fünf Minuten nichts passiert. Länger werden wir hoffentlich nicht brauchen.«

»So weit kannst du in die Zukunft blicken?«

Sie nickt.

»Deswegen hat Gabriel dich zu meinem Schutz bestellt, da du bereits weißt, was passiert?«

Abermals nickt sie. »In den nächsten fünf Minuten. Plus minus dreizehneinhalb Sekunden, und *nur*, wenn ich mich stark konzentriere.«

»Und kommen Gabriel oder Nate in den nächsten fünf Minuten plus minus dreizehneinhalb Sekunden?«, frage ich.

»Leider nein.«

»Gut, dann kann Gabriel uns auch nicht umbringen. Vielleicht können wir Mr. Buttermaker befreien, ohne dass Gabriel etwas davon mitbekommt.« Ich will nichts tun, was sein Missfallen erregt, schon gar nicht jetzt, wo unsere Beziehung auf der Kippe steht. Doch hier geht es um ein Menschenleben.

Seufzend zieht sich Lill ihr Kleid aus und lächelt mich aufmunternd an. »Wir schaffen das.«

Ich glaube, ich weiß, was sie vorhat. »Mit den Waffen einer Nymphe?«

»Jipp, ich lass ein wenig meine Fähigkeiten spielen und lenke den Burschen ab, während du den alten Mann befreist.« Lautlos schleicht sie durch das Gras und hinterlässt dabei kaum Spuren, während ich die Halme zertrete.

»Stehen Vampire auf Nymphen?«

Ein glockenreines Lachen ertönt, das alles in mir zum Klingen bringt. »Glaub mir, Süße, sie alle stehen auf uns.«

»Bis auf Gabriel.«

»Na ja, er ist ein Sonderfall«, antwortet sie seufzend.

Als wir am Eingang ankommen, lege ich meine Finger an den Griff und sage leise: »Aber … der Vampir kann nicht … also solange er nicht erweckt wurde …«

Lill hält sich eine Hand vor den Mund und kichert unterdrückt. »Ich weiß, und das wird ihn teuflisch ärgern. Allerdings habe ich noch den einen oder anderen Trick auf Lager.«

Ich bin wirklich gespannt, was sie vorhat. Ich werfe noch einen letzten Blick auf mein Handy, aber niemand hat mir geschrieben. Leider muss ich das Telefon draußen lassen. Vampire haben verdammt gute Augen und Ohren, da würde es auch nicht helfen, wenn ich auf Vibrationsalarm oder Lichtsignal umschalte. Zwar hat es in dem Stollen garantiert keinen Empfang, doch ich will kein Risiko eingehen. Daher lege ich es neben die Tür, danach ziehe ich sie ganz auf.

Kalte Luft schlägt uns entgegen und ich erkenne nichts als Schwärze. Zwar sehe ich auch bei Dunkelheit gut, aber nur, wenn ein wenig Restlicht vorhanden ist. Das schwindet allerdings, je weiter wir in den Stollen gehen.

Eine Silbermine – was für ein geniales Versteck für einen Vampir! Niemand würde einen Blutsauger in einem Stollen vermuten, in dem einst das Metall abgebaut wurde, gegen das Vampire allergisch sind.

Als ich wirklich nichts mehr sehen kann, nimmt Lill meine Hand und führt mich, damit ich nicht über die alten Schienen stolpere. Offenbar hat sie keine Probleme, etwas wahrzunehmen.

Wie weit noch?, möchte ich sie fragen, traue mich jedoch

nicht, weil ich nicht weiß, wo der Vampir steckt.

Plötzlich höre ich leise Musik und Piepstöne. Dann ein Knurren, das in ein Murmeln übergeht.

Je näher wir der Geräuschquelle kommen, desto fester klopft mein Herz und ich bete, dass uns der Vampir nicht bemerkt. Die magische Kugel an meiner Brust drückt kalt auf meine Haut, und ich erschaudere.

Lill bleibt stehen und legt beide Hände an meine Schultern. Offenbar bedeutet das, ich soll hier warten. Nun kann ich auch ganz schwach den Gang erkennen. Er macht eine Kurve, und flackerndes Licht trifft die Felswand.

Lill schleicht allein weiter, und bevor sie um die Ecke biegt, wird sie unsichtbar.

Ich wünschte, ich könnte das auch.

Vorsichtig stecke ich meinen Kopf in den Quergang und halte die Luft an. Nur wenige Meter entfernt liegt Mr. Buttermaker nackt, schmutzig und zusammengekrümmt auf dem kalten Boden. Eine Leine um seinen Hals führt zu einer verrosteten Lore, an der er festgebunden ist. Ich kann mich noch zu gut erinnern, wie sich dieses magische Halsband anfühlt, wie es mich gelähmt und meiner Kräfte beraubt hat. Der Anblick macht mich wütend.

Keine zwei Meter entfernt sitzt der Vampir – ein junger Mann mit blondem Haar – neben einer weiteren Lore auf einer Holzkiste und spielt auf seinem Handy. Er trägt denselben schwarzen Umhang wie die getöteten Blutsauger und flucht leise vor sich hin. Außerdem kratzt er sich ständig am Hals, als hätte er einen juckenden Ausschlag. Offenbar stinkt ihm der langweilige Job, und Reste von Silber, die sich möglicherweise in diesem Gang befinden, setzen ihm wohl zu. Rausgehen kann er nicht, solange die Sonne scheint.

Dummerweise muss er nur den Kopf heben und er würde mich kommen sehen. Ich hoffe, Lill kann ihn ablenken. Mr. Buttermaker macht keinen guten Eindruck. Sein Herz schlägt viel zu schwach; wahrscheinlich ist er völlig unterkühlt. Es ist aber auch wirklich kalt hier drin.

Mein Zorn auf den Vampir wächst. Er hätte dem alten Mann wenigstens eine Decke geben können; ich dachte, sie brauchen uns Wandler lebend!

Das Handy des Vampirs ist die einzige Lichtquelle in der Finsternis. Entweder lenkt ihn das Spiel ab oder er kann mich wirklich nicht wittern und Lill offenbar auch nicht. Trotzdem greife ich ständig an die Hüfte, um meine Waffe zu ziehen, doch die liegt weiterhin auf der Dienststelle. Ich komme mir völlig verwundbar vor.

Erneut erlaube ich mir einen Blick, und plötzlich wird Lill hinter dem Vampir sichtbar. Ihr nackter Körper ist in ein sanftes Strahlen getaucht. »Hey, Süßer.«

Abrupt springt der Vampir auf und dreht sich um, wobei er mir endlich den Rücken zuwendet, und zieht eine lange Klinge unter seinem Umhang hervor. Sein Handy ist auf den Boden gefallen und dudelt weiter vor sich hin.

»Wer bist du? Was suchst du hier?«, fragt er barsch.

Lill lässt sich von seinem rauen Umgangston und dem Messer nicht einschüchtern, sondern wackelt kokett mit den Hüften und fährt mit beiden Händen über ihre Brüste. »Ich bin eine Nymphe. Dein Boss schickt mich, Süßer. Ich soll mich ein bisschen um dich kümmern.«

»Will er mich foltern?«, knurrt der junge Mann, kann jedoch den Blick nicht von Lill wenden. Sie sieht aber auch wunderschön aus, getaucht in dieses goldene Leuchten, das ihre zauberhafte Gestalt umhüllt.

»Ooch, sei nicht böse auf mich, nur weil sich diese ganze Angelegenheit verzögert.« Lachend dreht sie sich im Kreis. »Ich bin ja jetzt hier, um dich zu unterhalten. Komm her.« Sie lockt ihn mit ihrer verführerischen Stimme zu sich, und er legt sein Messer auf der Kiste ab und geht zu ihr.

Zärtlich fährt sie über sein Gesicht. »Ich habe Fähigkeiten, die dich fühlen lassen.« Tentakelartige Energiestrahlen winden sich aus ihrem Körper und umschmeicheln den Vampir, züngeln an ihm, streicheln ihn. Stöhnend legt er den Kopf in den Nacken.

»Das fühlt sich wirklich gut an. Gib mir mehr!«

Okay, er scheint abgelenkt! Ich verlasse meine Deckung und schleiche zu Mr. Buttermaker. Erst als ich vor ihm stehe und vorsichtig an seine Schulter fasse – Himmel, seine Haut fühlt sich wie Eis an! – schlägt er die Augen auf.

Schnell lege ich die Finger an meine Lippen, und er schweigt. Dann versuche ich, ihn von dem Halsband zu befreien, was kein leichtes Unterfangen ist. Die verzauberte Leine sticht, als wäre sie mit Kakteennadeln gespickt, obwohl nichts zu sehen ist. Meine Fingerspitzen kribbeln und werden taub, doch irgendwie schaffe ich es, das Band zu öffnen.

Ich greife Mr. Buttermaker unter die Arme, ziehe ihn auf die Beine und werfe einen hastigen Blick über meine Schulter. Lill hält den Vampir mit ihren Energietentakeln gefangen und bedeutet mir mit einer Hand, dass wir verschwinden sollen.

Was ist mit dir?, frage ich lautlos und hoffe, dass sie eine gute Lippenleserin ist.

»Ich komme schon klar«, singt sie, ohne mich anzusehen. Sie streckt die Arme zu beiden Seiten aus, und die Wände des Stollens beginnen zu vibrieren. Glitzerndes Puder scheint sich aus dem Fels zu lösen, und als es sich auf den Vampir legt und er zu schreien beginnt, weiß ich, dass es Silber ist.

»Raus mit euch!«, ruft Lill. »Ich habe alles im Griff!«

Mein Blick fällt auf das Messer. Ich könnte dem Blutsauger von hinten die Kehle durchschneiden.

Als ob Lill ahnen würde, was ich vorhabe, schüttelt sie den Kopf. »Wir brauchen ihn lebendig.«

Obwohl ich kein gutes Gefühl habe, Lill allein zu lassen, schleppe ich mich mit dem alten Mann Richtung Ausgang. Schwer lehnt er sich gegen mich, und ständig stolpert er.

»Geht es noch?«, frage ich, und er brummt: »Hmm.« Offenbar ist er nicht nur unterkühlt, sondern steht auch unter Schock.

Gerade als ich den Stollen in der Finsternis nicht mehr erkennen kann, fliegt ein gold-leuchtender Schmetterling an unseren Köpfen vorbei und zeigt uns den Weg.

Danke, Liebes, denke ich. Lill ist immer wieder für eine Überraschung gut.

Nachdem wir gefühlte Ewigkeiten später endlich draußen angekommen sind und sich der Schmetterling in Luft auflöst, lege ich Mr. Buttermaker vorsichtig im Gras ab, damit die Sonne ihn wärmen kann. Er bekommt nach der langen Zeit in der Dunkelheit kaum die Augen auf, und auch mich blendet das helle Licht.

»D-danke«, stammelt er.

Wie soll ich ihn jetzt von hier wegbringen? Wenn ich Gabriel und Nate schon nicht erreichen kann, bleibt mir nichts anderes übrig, als Zac anzurufen.

Gerade als ich zum Handy greife, klingelt es und Nates Gesicht leuchtet mir entgegen.

Sofort nehme ich das Gespräch an.

»Bist du bei der Mine, Beth?«, bellt er ins Telefon, noch bevor ich ihn begrüßen kann.

»Ja, ich habe Mr. Buttermaker rausgeholt. Er ist unverletzt, aber stark unterkühlt.«

»Wir sind gleich da!«

Es enttäuscht mich erneut ein bisschen, dass es nicht Gabriel ist, der sich meldet, trotzdem bin ich erleichtert. Hilfe naht!

Als Nate auflegt, höre ich in der Ferne bereits Motorgeräusche. Staub wird aufgewirbelt, dann erkenne ich auf der Straße Nates roten Pick-Up, dem ein schwarzer Escalade folgt. Gabriel!

Aufmunternd lege ich Mr. Buttermaker eine Hand auf die Schulter. »Nate ist gleich hier. Alles wird gut.« Und hoffentlich geht es auch Lill gut. Warum ist sie noch nicht draußen?

Kies knirscht und wird aufgeschleudert, als beide Wagen vor uns zum Stehen kommen. Prompt springen Nate und Gabriel aus den Autos. Nate läuft zu Mr. Buttermaker, eine Wasserflasche und eine Decke in der Hand, während Gabriel zu mir eilt.

»Alles okay, Beth?« Anstatt mit mir zu schimpfen, warum ich nicht im Haus geblieben bin, fährt er über meine nackten Arme und mustert mich eindringlich. »Gehts dir gut?«

»Alles bestens, aber du musst raus aus der Sonne!« Ich führe ihn zum Eingang der Mine, und wir stellen uns im Schatten unter. Gabriels Gesicht ist trotz Käppi krebsrot, deshalb biete ich ihm mein Handgelenk an. »Nimm einen Schluck, dann geht es dir sofort besser.«

»Wird gleich wieder; ich musste ständig aussteigen, um nach Spuren zu suchen, und hab zu viel Strahlung abbekommen. Wir haben leider keine Fährte gefunden, die Spur verlor sich im Nichts. Gut, dass du so ein schlaues Mädchen bist.«

Sein Kompliment bringt meinen Magen zum Kribbeln.

Er nimmt die Brille ab, kneift die Lider zusammen und rubbelt sich über die Augen. Als er sie öffnet, ist seine Bindehaut genauso rot. »Wo sind Lill und der Vampir?«

»Noch da drin«, sage ich sanft, weil ich sein Zögern spüre. Er möchte nicht von mir trinken, denn ein kleiner Teil von ihm glaubt immer noch, ich sei Alissa.

»Du hast meinen Anhänger«, raunt er.

»Ja, ich … habe ihn mir ausgeliehen.« Schnell nehme ich ihn ab und drücke ihn in seine Hand.

Tief atmet Gabriel ein. »Ich liebe deinen Duft.« Er schnüffelt an meinem Hals, dann runzelt er die Stirn. »Was hat Lill mit dir gemacht?«

Höre ich Eifersucht aus seiner Stimme?

»Sieh doch nach«, antworte ich, doch erst als ich ihm mein Handgelenk an die Lippen halte, beißt er vorsichtig zu. Ein kurzer Schmerz frisst sich durch meine Haut, danach spüre ich nur noch seine sündhaften Lippen und das Saugen, das einen glühenden Impuls zwischen meine Beine schickt.

Während er trinkt, fahre ich durch sein Haar. Dieser Akt hat etwas Intimes an sich, etwas, das nur uns gehört.

Viel zu bald hört er auf und versiegelt die winzigen Wunden, indem er mit der Zunge darüberleckt. »Danke.«

»Immer gerne.« Mein Herz klopft wie verrückt.

»Ich werde reingehen und nach Lill sehen«, sagt er, ohne den Blick von mir zu nehmen, als hätte ich ihn hypnotisiert.

»Hab alles im Griff«, hören wir auf einmal ihre Stimme tief aus dem Stollen. »Der Vampir ist erst mal mit einer Dosis Silber ruhiggestellt.« Sie kichert. »Wie kann man denn so dämlich sein und als Vampir solch ein Versteck wählen.«

»Eigentlich genial«, murmelt Gabriel. »Ich hätte nie hier gesucht.«

»Ja, hab ich auch gesagt.« Ich starre ins Dunkel, kann Lill jedoch nicht erkennen.

Als ich erneut zu Gabriel blicke, schaut er mich immer noch an. Seine Augen sehen normal aus, ebenso seine Haut.

»Das war sehr selbstlos von dir«, murmelt er, steckt das Artefakt in seine Hosentasche und kommt näher. Sein großer Körper drängt sich an mich, und er legt beide Arme um meine Taille, um mich fest an sich zu ziehen.

»Was?«, frage ich krächzend. »Dass ich dir mein Blut angeboten habe?«

»Den alten Mann zu retten.«

Ich möchte weinen vor Freude. Gabriel hält mich. Er begehrt mich. Ich lese es in seinen Augen und weiß, dass er dank meines Blutes fühlt, was in mir vorgeht und was in den letzten Stunden passiert ist. Sein Herz rast ebenfalls, als er durchlebt, wie ich Mr. Buttermaker befreit habe. Ich kann ein wenig spüren, welche meiner Erinnerungen er gerade durchstöbert, weil ich auch immer noch Reste seines Blutes in mir habe. Ich fühle seine Angst um mich und spüre seine Zuneigung.

Als er in meinen Gedanken weiter zurückgeht, sage ich schnell: »Lill hat nachgesehen, ob etwas Böses in mir steckt. Sie hat nichts gefunden.«

Als seine Augen groß werden, weiß ich genau, welche Erinnerung er erreicht hat.

»Ich werde dieser Halbnymphe die Feenflügel rausreißen«, knurrt er, doch ein Lächeln huscht über seine Lippen.

»*Zehn* Prozent Nymphe«, sagen Lill und ich gleichzeitig, während sie nackt und in Menschengröße an uns vorbeitaumelt.

»Zehn verdammt sexbesessene Prozent«, setzt Gabriel hinzu

und geht ihr hinterher in die Sonne.

Ich folge ihnen. »Sie hat auf mich aufgepasst und den Vampir abgelenkt, sei bitte nicht böse.«

»Bin ich nicht. Ich bin erleichtert, dass sie bei dir war, um dir zu helfen.«

Alissa hätte niemals einen Wandler gerettet, vernehme ich schwach seine Gedanken.

Ist das der Beweis, den Gabriel gebraucht hat? Wird nun alles gut zwischen uns?

Mr. Buttermaker hockt in die Decke gehüllt auf der Wiese und spricht leise mit Nate, während Lill erschöpft neben ihrem Kleid ins Gras sinkt. Kaum hat sie es übergezogen, schrumpft sie auf Feengröße, setzt ihren Gänseblümchen-Hut auf und rollt sich gähnend zusammen.

»Lill, alles okay?« Ich hebe sie auf und lege sie behutsam in meine Armbeuge, als wäre sie ein winziges Baby.

Seufzend kuschelt sie sich an meine Brust. »Muss nur ein bisschen schlafen.« Ihre Lippen haben den rosigen Glanz verloren und sie sieht unglaublich bleich aus. Ich mache mir ernsthafte Sorgen um sie. Den Vampir zu bändigen, muss sie sämtliche Energiereserven gekostet haben.

»Warte, nicht einschlafen!« Ich eile zu einer der rosa Blumen, von denen sie zuvor genascht hat, breche sie ab und lege sie auf ihren zarten Körper.

Lill greift nach dem Stiel, steckt den Kopf in die Blüte und nuckelt daran.

Das bringt mich zum Grinsen; jetzt verhält sie sich wirklich wie ein Baby. Niemand würde vermuten, dass diese winzige Fee in meinem Arm eine Agentin mit außergewöhnlichen Fähigkeiten ist.

Plötzlich gibt mir Gabriel einen Kuss auf die Wange und lächelt mich zärtlich an.

»Wofür war der?«, frage ich überrascht.

»Eine erste, kleine Entschuldigung für mein Misstrauen.«

Ich schüttele den Kopf und könnte vor Freude in die Luft

springen. »Dein Misstrauen war doch völlig berechtigt.«

»Oh, verdammt!« Lills von Blütenstaub bedecktes Gesicht taucht hinter den rosa Blättern auf. »Wenn ihr noch Infos von dem Vampir wollt, sollte ihm jemand die Selbstmordpille mit dem Wandlerblut wegnehmen, sonst ist er in den nächsten Minuten Asche.«

»Ich gehe rein«, sagt Gabriel sofort, und Nate fügt hinzu: »Ich komme mit.« Zu mir gewandt, meint mein Alpha: »Kannst du Mr. Buttermaker zur Farm bringen? Dort wartet seine Frau auf ihn und man wird sich um ihn kümmern.«

Ich nicke, und Gabriel gibt mir den Schlüssel für seinen Wagen. Anschließend drückt er mir noch einen Kuss auf den Mund, raunt: »Bis später« und verschwindet mit Nate im Stollen.

Ich muss erst einmal kräftig durchatmen, bevor sich meine Beine in Bewegung setzen. Wow, das ging gerade alles so schnell. Die Rettungsmission und Gabriels Gefühle … Mir ist schwindelig.

»Was passiert jetzt mit dem Vampir?«, möchte ich von Lill wissen, die nun ein wenig munterer aussieht.

»Gabriel wird auf das Aufräum-Kommando warten. Wahrscheinlich kommt es mit einem Heli, sobald es dunkel wird, damit sie den Vampir abführen können.«

Also muss ich noch bis zum Einbruch der Nacht auf ihn warten – und das werde ich bei ihm zu Hause tun. In unserem Zuhause …

Ich helfe Mr. Buttermaker in den Escalade, biete Lill einen Platz zum Ausruhen im geöffneten Handschuhfach an und mache mich auf in Richtung Farm.

Was für ein verrückter Tag.

Zac und die anderen Rudelmitglieder hatten natürlich eine Menge Fragen an mich, doch ich musste sie vertrösten. Nate soll ihnen alles erzählen, da ich nicht weiß, was er mit Gabriel abgesprochen hat. Hoffentlich war der Vampir aus der Mine der letzte Blutsauger, der in Norwich hinter unserer Art her war. Von nun an werden wir alle wachsamer sein müssen.

Lill leistet mir im Haus Gesellschaft, bis am Abend meine Tante Veronica mit dem Taxi in den Hof fährt. Ich hatte fast vergessen, dass sie mich besuchen wollte, und schäme mich, ihr kaum etwas zu essen und trinken anbieten zu können. Zum Glück befinden sich noch ein paar Leckereien in Hazels Korb.

Als sie den Fahrer bezahlt, verabschiedet sich Lill von mir. »Ich werde noch so lange bei dir bleiben, bis Gabriel zurückkommt, doch deine Tante darf mich nicht sehen. Unsere Organisation ist streng geheim, wie du weißt.«

»Ich werde ihr nichts verraten«, verspreche ich. »Sehen wir uns wieder?«

»Wann immer du willst.« Sie flattert zu meiner Wange, gibt mir ein Küsschen und löst sich in Luft auf.

Ich vermisse sie jetzt schon.

Keine Sekunde später klingelt es und ich öffne die Haustür.

»Hallo, Elisabeth.« Meine Tante empfängt mich mit einem warmen Lächeln und einer herzlichen Umarmung. Ich drücke sie an mich, inhaliere ihren vertrauten Duft nach Räucherstäbchen und einem zitrusfrischen Parfüm, und bitte sie herein. Immer noch flechtet sie sich zahlreiche Zöpfchen mit Perlen in ihr langes graubraunes Haar und trägt Hippie-Klamotten: einen weiten, bunten Rock, eine Tunika und Schlappen. Genau so kenne ich sie, und stets ein Schmunzeln um ihren Augen. Für ihre fünfzig Jahre wirkt sie immer noch ausgesprochen jung.

Ich nehme ihren Reisebeutel ab, und sie sieht sich im Haus um. »Dein Daywalker – wie war noch sein Name? – scheint eine Menge Geld zu haben.«

Meine Tante wird offensichtlich langsam vergesslich. »Er heißt Gabriel, ist Schriftsteller und hat keine Ahnung, dass du heute kommst und ich dich eingeweiht habe.« Wir hatten bei der Mine nur kurz Zeit füreinander, daher weiß ich nicht, ob er das Telefongespräch mit Veronica ebenfalls gesehen hat. »Die Zimmer sind fast alle noch leer, aber wir werden schon eine Schlafmöglichkeit für dich finden. Ich freue mich sehr, dass du gekommen bist.«

»Schätzelchen«, sagt sie, während wir in die Küche gehen und uns an den Tisch setzen, »ich werde auf der Farm übernachten. Ich will eure junge Liebe nicht stören und habe mich schon bei Zac angemeldet, nachdem ich Nate nicht erreicht habe. Ich freue mich, die ganze Bande wiederzusehen. Ich kann auch leider nur zwei Tage bleiben.« Nachdem sie Hazels Korb beschnuppert hat, fragt sie: »Wo ist denn dein Gabriel?«

»Er hat noch etwas zu erledigen, müsste aber bald kommen.«

Sie zieht ihren Beutel heran und holt Kerzen, Räucherstäbchen und ein Duftöl heraus. »Und jetzt erzähle mir doch noch mal, wie ihr euch kennengelernt habt ...«

***

Eine Stunde später höre ich ein Auto vorfahren. Sofort springe ich vom Tisch auf und blicke aus dem Fenster. Die Scheinwerfer des Pick-Up erhellen Gabriels Gestalt, während er auf das Haus zugeht. Nate hat ihn heimgebracht.

An der Tür fange ich ihn ab, um ihn vorzuwarnen. »Hi, wir haben Besuch.«

»Deine Tante«, sagt er und küsst mich auf die Wange. Er sieht müde und ein wenig staubig aus.

»Dann hast du also gesehen, dass ich sie angerufen habe?«

Er nickt.

»Und habt ihr *ihn* ... ist er ...«

»Ja«, flüstert er direkt in mein Ohr. »Der Vampir ist weg, er wird zur nächsten Basis in der Nähe von New York geflogen.«

Gabriel geht mit mir in die Küche und begrüßt Veronica. Anstatt seine Hand zu nehmen, drückt sie ihn genauso herzlich an sich wie mich zuvor und sagt unverblümt: »Einen hübschen Kerl hast du dir geangelt, Elisabeth.«

Meine Wangen erhitzen sich, während Gabriel ihr ein »Danke« entgegenraunt. Er freut sich, dass sie ihm offenbar vertraut und keine Vorurteile hat, weil er ein Vampir ist. Das Gefühl wärmt mich von innen.

»Ich springe nur schnell unter die Dusche«, sagt er. »Dann würde ich auch schon gerne loslegen. Es macht mich verrückt, nicht zu wissen, was wirklich mit Alissa passiert ist.«

Veronica klatscht verzückt in die Hände und ihre Augen leuchten. »Ich bereite währenddessen alles vor.«

Wenn es um ihren Hokuspokus geht, ist sie gleich bei der Sache. Ich muss gestehen, dass ich ziemlich aufgeregt bin. Hoffentlich klappt es und wir bekommen Antworten. Ich hab mich noch nie zu einer Rückführung hinreißen lassen, weil ich nicht wissen will, ob ich schon einmal gelebt habe, und falls ja, was für ein Mensch ich gewesen bin. Außerdem kann ich mir nicht vorstellen, dass so etwas funktioniert. Doch nach allem, was ich in den letzten Tagen erlebt habe, halte ich alles für möglich.

Ist das überhaupt eine klassische Rückführung, was Veronica vorhat? Immerhin sucht sie in Gabriels jetzigem Leben nach Antworten. Oder will sie nachsehen, ob ich schon einmal als Alissa gelebt habe?

Ich schlucke hart. Was, wenn ich dieses Miststück war oder immer noch bin?

Daran möchte ich nicht einmal denken.

***

Eine Viertelstunde später brennen im düsteren Schlafzimmer Kerzen und Räucherstäbchen, und der Qualm kitzelt meine Nase. Als Gabriel mit einem T-Shirt und einer Jogginghose bekleidet aus dem Bad kommt, bittet Veronica uns, dass wir uns auf das

Bett legen.

»Eure Köpfe ans Fußende, ihr Süßen«, sagt sie und setzt sich in die Mitte, sodass ihre Beine aus dem Bett hängen.

Hinter ihrem Rücken rollt Gabriel mit den Augen, bevor er sich hinlegt, sodass wir uns zu beiden Seiten neben ihr befinden.

Ich unterdrücke ein Kichern. Für Veronica ist das eine ernste Angelegenheit, und ich hoffe wirklich, dass das funktionieren wird. Sie ist eine Wandlerin, wie ich, und keine Hexe oder so was. Allerdings hat sie sich schon seit ihrer Jugend viel mit Magie und Esoterik beschäftigt.

»Wann habt ihr zuletzt vom Blut des anderen gekostet?«, möchte sie wissen.

»Ich habe Gabriel heute Nachmittag etwas gegeben«, antworte ich.

»Und hast du auch sein Blut getrunken?«

»Nein«, antwortet diesmal er.

»Damit eure Verbindung so stark wie möglich ist, solltet ihr noch einmal ein wenig Blut tauschen.«

Wir setzen uns auf und rutschen hinter ihrem Rücken zusammen. Als wären wir Kinder, die etwas Verbotenes tun, stecken wir die Köpfe zusammen. Gabriels Blick senkt sich auf meinen Mund, und ich lasse die Fänge erscheinen, um mir in die Unterlippe zu stechen, bis ein Blutstropfen darauf perlt. Er macht dasselbe bei sich – dann küssen wir uns.

Es ist ein zärtlicher, inniger Kuss, der mir erneut zeigt, wie sehr er mich begehrt. Sein Herz klopft kräftig vor Aufregung, und mir geht es genauso. Ich bete, dass die Rückführung klappt und Gabriel alles zeigt, was er wissen will. Und ich bete, dass für uns alles gut ausgeht. Ich will Gabriel nicht verlieren.

Sein Aroma explodiert auf meinen Geschmacksknospen, und ich bin versucht, fest an seinen Lippen zu saugen, um mehr Blut abzubekommen. Nach Gabriels Würze könnte ich süchtig werden.

Als sich Veronica räuspert, lösen wir uns. Mir ist schwindelig, und Gabriels Blick wirkt entrückt. Wir begeben uns erneut in

Position, und Veronica nimmt einen Flakon von ihrem Schoß. Ich rieche ein Öl, kenne aber den Duft nicht. Er ist düster, balsamisch, leicht würzig, genau wie Gabriels Blut.

Sie gibt sich etwas davon auf beide Daumen und streicht damit über unsere Stirn. Als würde sie ein Symbol aufmalen. Wärme breitet sich von der Stelle über meine ganze Stirn aus und dringt in meinen Kopf.

»Schließt eure Augen«, sagt sie, »reicht euch hinter mir die Hände und konzentriert euch einfach auf meine Stimme. Lasst euch fallen und begebt euch auf eine Reise in eure Vergangenheit.«

Gabriel und ich verschränken die Finger miteinander. Es tut gut, ihn zu spüren. Er gibt mir Halt.

Verdammt, ich bin so aufgeregt!

Veronica spricht leise und gibt uns den Atemrhythmus vor. Wir zählen in Gedanken die Sekunden mit, in denen wir ein- und ausatmen sollen. Das wird uns helfen, uns zu entspannen.

»Stellt euch eine Wüste vor. Um euch herum ist nichts als Sand. Jedes Korn steht für ein bereits gelebtes Leben und ein aktuelles; es enthält die ganze Geschichte eines Daseins. Legt euch in den warmen Sand, spürt eurem Korn nach, lockt es zu euch …« Während sie redet, entspanne ich mich weiter. Ich kann Gabriels Finger kaum noch fühlen, trotzdem weiß ich, dass er bei mir ist. Ich sehe ihn neben mir im Sand liegen. Wir lächeln uns an und reichen uns auch in der Vision die Hände.

»Es wird dunkel, und über euch ziehen Milliarden von Sternen vorüber. Dort oben warten weitere Seelen auf ein neues Leben.«

»Siehst du schon etwas?«, frage ich flüsternd.

»Scht, Elisabeth, du darfst nur sprechen, wenn ich dich dazu auffordere.« Sie summt eine mir unbekannte Melodie, und Sandhaufen türmen sich in der Wüstennacht neben uns auf, werden größer, bilden einen Berg. Eine Höhle öffnet sich, und Veronica fordert uns auf, sie zu betreten. »Geht auf die Quelle zu, meine Lieben, und nehmt einen Schluck.«

Gabriel und ich schauen uns in der Höhle an, dann steuern wir auf ein blaues Leuchten zu. Glitzernde Felswände bilden eine Kuppel, und von irgendwo an der Decke – wir können nicht sehen, von wo genau, weil sie so hoch ist – fällt ein leuchtender Wasserfall in ein natürliches, rundes Steinbecken. Es strahlt von innen heraus, und wir knien uns hin, um die Hände hineinzutauchen. Ich will Gabriel sagen, dass ich das Wasser fühlen kann, kühl und feucht, doch so überrascht, wie er mich anblickt, kann er das auch. Außerdem höre ich das Rauschen, und es riecht in der Höhle wie die Luft nach einem Gewitter.

Wir nehmen einen Schluck, und die angenehme Kühle breitet sich in meinem Körper aus.

»Schaut ins Wasser«, sagt Veronica, und plötzlich ist das Becken ein gigantischer Spiegel. Der Wasserfall teilt ihn in zwei Hälften; auf der einen sehe ich mich Streife fahren, auf der anderen Gabriel, wie er in Paris, an der Kathedrale Notre-Dame, mit einem geflügelten, steinernen Wesen spricht.

Während mein Leben rückwärts vorbeizieht, bis in meine früheste Kindheit, erfahre ich, wie Gabriels Arbeit als Agent für das DPI ausgesehen hat. Ob Tante Veronica dieselben Bilder bekommt?

Er geht durch düstere Straßen, und ein gehörnter Dämon verschwindet durch einen blauen Feuerkreis in einer Mauer. Gabriel schreibt an seinen Büchern, dann jagt er wieder einem Wesen hinterher, das den Kopf einer Schlange besitzt. Gabriel fletscht die Fänge – noch ist er ein Vampir.

Es geht weiter zurück, meine Eltern halten ein Baby im Arm – mich. Tränen laufen über meine Wangen, als ich Mum und Dad sehe, danach steht plötzlich eine alte Frau vor einem Grab. Sie hat lange silberweiße Haare und trägt ein hochgeschlossenes schwarzes Kleid. Ich kenne sie nicht.

»Du bist nicht Alissa, Schatz«, höre ich Veronicas Stimme in weiter Ferne. »In deinem vorherigen Leben warst du eine Rebecca Ravenscroft.«

Ich weiß nicht, ob ich bereit bin, mir das anzusehen, und zu meiner Beruhigung sagt meine Tante: »Ihr habt keine gemeinsame Vergangenheit, daher werde ich mich jetzt nur auf Gabriel konzentrieren, doch du kannst dabei sein, Elisabeth, wenn ihr beide das möchtet. Halte einfach weiterhin Gabriels Hand.«

Ich spüre, wie er sie drückt, als ob er nicht will, dass ich loslasse, und das tue ich nicht. Ich blicke ihn in der Höhle an und forme mit den Lippen: »Ich bleibe bei dir.«

Er nickt lächelnd, und schon jetzt fühle ich seine grenzenlose Erleichterung. Endlich hat er Gewissheit, dass ich nicht die Frau bin, die ihm das Leben zur Hölle gemacht hat. Nun bin ich gespannt, ob und wie sie gestorben ist. Daher richten wir unsere Konzentration wieder auf den Spiegel. Der Wasserfall ist verschwunden, und wir sehen nur noch ein Bild.

Gabriel läuft mit gesenktem Kopf durch das nächtliche Paris, offenbar traurig und orientierungslos. Er sieht richtig fertig aus, als hätte er geweint, und seine Haar ist durcheinander. Zufällig gerät er in einen Kampf; fünf rattenähnliche Menschen greifen auf einem verlassenen Schrottplatz einen jungen Mann an. Er hat keine Chance und ist verletzt, er blutet aus zahlreichen Bisswunden. Gabriels innere Wut, die er sich nicht erklären kann, ist so groß, dass er die Dämonen vernichtet, ihnen einfach die Köpfe abreißt und dem Mann das Leben rettet.

»Du wärst ein erstklassiger Mitarbeiter für unsere Organisation«, sagt der junge Mann, nachdem alles überstanden ist, und streckt ihm die Hand hin. »Hi, ich bin Mike …«

So kam Gabriel zum DPI!

»Er hat gerade seine Eltern besucht«, erklärt uns Veronica. »Gabriel ist die Flucht aus Russland gelungen und er wollte seine Eltern wiedersehen. Er hat ihnen erzählt, was ihm zugestoßen ist, und danach war er völlig verwirrt.«

Was ist passiert?, möchte ich wissen, doch dann würde die Verbindung womöglich zusammenbrechen. Ich fühle, wie Gabriel sich beherrscht, nicht nachzufragen.

»Du hast deine Eltern alles vergessen lassen, Gabriel«, fährt sie fort. »Deine Geschichte, ihren jahrelangen Kummer, dass sie einen Sohn hatten – alles ausradiert. Anschließend hast du in den Spiegel geblickt und dich selbst bezirzt, um deine Eltern und deinen eigenen Schmerz zu vergessen. Ich kann nicht sagen, ob du hier auch vergessen hast, was Alissa dir angetan hat, oder ob sie es war, die für deine Amnesie verantwortlich ist.«

Gabriel starrt mich in der Höhle an, doch schnell richtet er den Blick wieder auf den Spiegel.

Die Reise in die Vergangenheit geht weiter. Wie in seinem grausamen Traum, liegt er auch jetzt im Turmzimmer an das Bett gekettet. Meine Gedanken und Gefühle verschmelzen mit seinen; ich bin eins mit ihm und erlebe alles hautnah mit.

***

»Ihr könnt draußen warten«, befahl Alissa den Lakaien, die ihn ans Bett gefesselt hatten.

In der Hand hielt sie das Fläschchen mit dem Wandlerblut. Philippe würgte es allein bei dem Gedanken, es zu trinken, aber nicht nur, weil es nach Leid und Elend schmeckte, sondern weil er wusste, dass ihn die Sonne danach wieder verbrennen würde.

Als sie unter sich waren, setzte sich Alissa zu seiner Überraschung nicht auf ihn, sondern daneben auf die Matratze. Wollte sie ihm heute nicht die Hose öffnen, um ihre Gelüste zu stillen?

Am Morgen hatte ihm eine ihrer Dienerinnen einen sehr edlen, dunkelbraunen Leinenanzug gebracht, als hätte Alissa vor, mit ihm auszugehen – was natürlich lächerlich war, denn er hatte das Turmzimmer seit seiner Ankunft nicht mehr verlassen – oder ihn zum Abendessen einzuladen. Er hatte die Kleidung angezogen, da sie ihn sonst ohnehin auf magische Weise zwingen würde, es zu tun.

Sie trug ein langes weinrotes Kleid, das sich an ihre Kurven schmiegte und perfekt zu ihrem rabenschwarzen Haar passte. Wenn sie nicht solch eine Bestie wäre, hätte sie seine Traumfrau werden können.

Ernst blickte sie ihn an. »Ich will, dass du mir genau zuhörst,

Philippe«, sagte sie mit gesenkter Stimme und strich sich eine Strähne ihres langen schwarzen Haares hinters Ohr. »Ich werde dich gleich losbinden, solange ich noch klar im Kopf bin, und dann wirst du von hier verschwinden. Begib dich hinter die Burg; dort führt ein Pfad durch den Wald zu einem Feld. Da wartet ein kleines Flugzeug auf dich, das dich zurück nach Paris bringen wird. Der Pilot ist ein Mensch; ich habe ihn bezirzt. Er weiß nicht, wer du wirklich bist, damit niemand jemals erfährt, dass du lebend hier rausgekommen bist. Die Zeit ist günstig, die Sonne hinter dicken Wolken verborgen und mein Vater heute nicht anwesend. Du wirst es mit Leichtigkeit bis zum Feld schaffen, aber keiner sonst von hier, sollte dich jemand bemerken. Die Wachen werden nicht vor der Tür stehen, ebenso wenig meine Lakaien.«

Er hörte ihr fasziniert zu, konnte aber nicht glauben, was sie sagte. Halluzinierte er?

»Warum hilfst du mir?«, fragte Philippe vorsichtig. Er vermutete eine List oder eine perverse Gemeinheit.

»Weil ich nicht will, dass du stirbst«, antwortete sie, und es hörte sich tatsächlich ehrlich an.

Nein, sie belog ihn; sie war eine mächtige Zauberin! »Ich bin dir doch völlig gleichgültig. In den letzten Jahren hast du auch nie einen Funken Mitleid gezeigt!«

»Ich weiß, du glaubst mir nicht.« Sie legte die Hand auf seine Brust, in der ihretwegen sein Herz schlug. »Ich wollte immer nur das Beste für dich, wollte, dass du Vaters Armee anführst und unsere Feinde, die Wolfswandler, vernichtest. Ja, es war eine harte Zeit für dich, doch es hätte sich für uns gelohnt! Aber als ich von Vaters wahren Plänen erfahren habe ...« Zitternd atmete sie ein.

Philippe hatte sie in all den Jahren nie in solch einem Zustand erlebt. Alissa schien eine völlig andere Frau zu sein. Verwirrt, mit echten Gefühlen ...

»Vater hat mich für seine Zwecke eingesetzt, mich mittels Magie manipuliert und mir befohlen, weitere Jungvampire zu erschaffen, die er wiederum für seine Experimente missbraucht hat. Du hast als Einziger überlebt, Philippe. Und ich will nicht, dass du auch stirbst. Daher lasse ich dich frei.«

Immer noch klangen ihre Worte unglaublich. Er war so perplex, dass er nicht sprechen konnte.

»Das hier wäre deine letzte Dosis«, sie hielt ihm das Fläschchen mit der roten Flüssigkeit vors Gesicht, »dann will Vater mit dir experimentieren, dich aufschneiden lassen und dein Blut anderen Vampiren zu trinken geben, um zu testen, wie sie darauf reagieren und ob sie damit gegen Wandlerblut immun werden. Aber eigentlich will er selbst zum Daywalker werden. Als Einziger.«

»Ja«, krächzte er und räusperte sich hart. Sie wollte ihn auf den Arm nehmen, oder? Sie würde ihn nicht wirklich befreien? »Ich habe so etwas mitbekommen.«

Als sie schwieg und nachdenklich auf das Fläschchen starrte, fragte er: »Was passiert mit den Wandlern?«, um Konversation zu betreiben. Er brauchte Zeit, musste wissen, was hier gespielt wurde.

»Die hat Vater bereits alle töten lassen. In diesem Fläschchen ist das letzte Blut.«

»Was war mit den anderen Männern, die du gewandelt hast? Denen hast du auch deine Liebe vorgegaukelt, genau wie mir.«

»Das stimmt, ich habe sie belogen, aber geliebt habe ich nur dich. Doch ich gebe dich frei, damit du eines Tages eine Gefährtin findest, die du wirklich verdient hast.«

Er ertrug ihre Lügen kaum noch. Langsam machte sie ihn richtig wütend. »Du hast mein Herz mit Magie zum Schlagen gebracht«, knurrte er. »Und mich einfach gewandelt, ohne mich zu fragen! Mich von meiner Familie und meinen Freunden weggerissen.«

Sie senkte den Blick. »Ja, das habe ich, aber das bedeutet nicht, dass ich keine Gefühle für dich habe. Wir sind nur nicht füreinander bestimmt.«

»Warum kommst du nicht mit mir?«, fragte er in einem sarkastischen Tonfall. Nicht, dass er das wollte, aber er brannte darauf, ihre Antwort zu hören.

Sie lachte traurig. »Vater würde mich überall aufspüren, und dann würde er mich töten. Er ist ein mächtiger Hexer. Nur weil er einen kleinen Fehler gemacht hat, stehe ich nicht mehr unter seinem Bann. Er hat vergessen, das tägliche Ritual, das mich an seinen Willen bindet, zu erneuern.«

Jetzt kommen wir der Sache schon näher, du egoistische, feige Ziege, dachte er. *Und so mächtig kann Wolkow nicht sein, wenn er es mit all seinen Zauberkräften nicht schafft, sich tagsüber draußen aufzuhalten.* »Seit wann stehst du unter diesem Bann?«

»Seit wir hierher gekommen sind.«

Knurrend zerrte er an den Fesseln. »Dein plötzlicher Sinneswandel macht mich verdammt stutzig, Alissa. Was ist los, warum tust du das? Aus Angst vor Daddy?«

Als sie begann, ihn loszubinden, bewegte er sich nicht und traute sich kaum zu atmen, machte sich jedoch bereit, gegen sie zu kämpfen, da er immer noch eine List vermutete.

»Vater hat vor, die Wirkung deines Blutes auch an mir zu testen, weil mein Blut seinem am nächsten kommt. Da ist es besser, ich bringe es jetzt zu Ende, bevor er mich erneut für seine Zwecke missbraucht.« Hektisch zwinkerte sie eine Träne weg. »Ich bin nicht so stark wie du, Philippe. Ich würde es nicht aushalten, eingesperrt zu sein und Höllenqualen erleiden zu müssen.«

Sie war egoistisch *und* feige! Als die letzte Fessel gelöst war, sprang Philippe vom Bett und lief zur Tür. Sie war nicht verschlossen. Dennoch zögerte er, sie ganz zu öffnen. Alissa würde ihm ein Messer in den Rücken treiben, eine Hetzjagd veranstalten oder ein anderes grausames Spiel anzetteln.

»Ich kann hören, was du denkst«, sagte sie, und er wirbelte zu ihr herum. Sie saß immer noch auf dem Bett. »Ich lasse dich wirklich gehen; das ist keine List.«

Sie schraubte das Fläschchen auf, und plötzlich zitterten ihre

Hände. »Mögen dir die Schicksalsmächte fortan gewogen sein und dir ein glückliches Leben bescheren.« Sie murmelte etwas auf Russisch, und am Klang ihrer Stimme erkannte Philippe, dass es ein Zauberspruch war.

»Das Schicksal wird dir eine neue Gefährtin zuweisen, eine, die dein Herz mit reiner Liebe füllt. Eine, die dich glücklich macht und ergänzt, eine, die dich vervollständigt. Bei den Mächten der Liebe, des Blutes und der Sonne – so soll es sein!«

Sie setzte das Fläschchen an ihre Lippen und trank den Inhalt mit schnellen Schlucken aus. Dann schenkte sie Philippe ein trauriges Lächeln, bei dem blutrote Tränen aus ihren Augen perlten, bevor sie schreiend den Kopf zurückwarf. Flammen schossen aus ihren Augen, der Nase, den Ohren und ihrem Mund; innerhalb von Sekunden verbrannte ihr Körper in einer glühenden Feuersäule. Schlagartig blieb Philippes Herz stehen, die Verbindung zu Alissa war erloschen. Verdammt, sie hatte es getan. Sie hatte es wirklich getan!

Minutenlang starrte er noch auf das qualmende Häuflein Asche, bevor sich seine Beine endlich in Bewegung setzten ...

Gabriel schreckt auf und greift sich an die Brust. Auch ich setze mich hin und brauche einen Moment, um mich zu orientieren. Die Vision ist vorbei, wir befinden uns im Schlafzimmer.

Tief atmet Veronica durch und fragt Gabriel: »Hast du alle Antworten erhalten?«, wobei sie sich zu ihm umdreht.

Er nickt und starrt bloß mich an. Dank der Blutsverbindung fühle ich seine Verwirrung, und sein Herz rast wie wild, weil er die letzten Sekunden in Alissas Leben noch einmal durchgemacht hat.

Veronica erhebt sich. »Ich gebe euch einen Moment, bevor wir über alles reden. So eine Rückführung geht an keinem spurlos vorbei.« Sie bläst die Kerzen aus, und ich greife nach der Hand meines Gefährten. Sie ist eiskalt.

»Alissa ist tot und ich bin nicht sie«, flüstere ich, da ich kaum sprechen kann. Das gerade Erlebte hat mich ebenfalls mitgenommen.

»Du bist nicht sie«, wiederholt er, bevor er mich fest umarmt. Seine Hand legt sich in meinen Nacken und er küsst mich sanft aufs Ohr.

Vor Erleichterung zwinkere ich mir eine Träne weg. Jetzt wird alles gut; Alissa steht nicht mehr zwischen uns.

»Ich kann kaum glauben«, sagt er, »dass Alissa so etwas Selbstloses getan hat. War es wirklich nur aus purer Feigheit, weil ihr Vater sie ebenfalls verheizen wollte?«

»Vielleicht hat sie dich tatsächlich geliebt, nur zu spät erkannt, was sie dir angetan hat, weil sie unter einem Bann stand. Deshalb hat sie auch lange Jahre fanatisch das Ziel verfolgt, dich zum mächtigsten Vampir der Welt zu machen.«

»Das hat sie nur für sich gemacht, weil sie dadurch viele Vorteile gehabt hätte. Ich habe sie gut gekannt, Beth, glaub mir. Sie hat sich lediglich an ihrem Vater rächen wollen, weil er sie genauso verarscht hat. So etwas konnte Alissa nicht leiden.« Er seufzt in mein Haar, bevor er mich loslässt. Wir bleiben jedoch dicht nebeneinander auf dem Bett sitzen und verschränken unsere Finger.

Gabriel schüttelt den Kopf, als könne er immer noch nicht begreifen, was eben passiert ist. »Meine Zeit als Mensch erschien mir vorher stets unwichtig, als würde sie im Nebel liegen und mich auch nicht interessieren, doch jetzt sehe ich auch dort alles wieder klar.«

»Kannst du dich erinnern, wo sich das Schloss befindet?«, will ich wissen.

»Nein, aber ich kann mich nun erinnern, dass ich es bereits vergessen hatte, als ich nach Paris geflogen bin.«

»Anscheinend liegt ein mächtiger Zauber auf dem Land«, erklärt Veronica und kommt wieder zu uns. »Wolkow will nicht gefunden werden.«

»Offenbar«, knurrt Gabriel. »Warum fängt er jetzt noch einmal von vorne an, Daywalker zu erschaffen?«

Veronica tippt sich ans Kinn. »Ich weiß ja nicht, was Alissa auf Russisch gesagt hat – ich vermute allerdings, sie hat ihren Vater und den Hofstaat viele Sachen vergessen lassen, damit niemand nach dir sucht. Sie war ja ziemlich mächtig und der Zauber sehr komplex; und ein Zauber, der Gutes wirkt und an Liebe gekoppelt ist, kann tatsächlich für ein kollektives Vergessen gesorgt haben. Noch stärker wirkt Magie, wenn man sein Leben dafür gibt. Wahrscheinlich hat Alissa ihren Vater auch vergessen lassen, dass er bereits einen Daywalker erschaffen hatte. Aber das Wissen, wie man einen Tagwandler hervorbringen könnte, kam wohl im Laufe der Jahrzehnte zurück, und er hat es von vorne probiert.«

Ohne Alissa wäre Gabriel längst tot … Ich erschaudere. »Dann hat Alissas Magie tatsächlich einmal etwas Gutes bewirkt, dich beschützt und der wahren Liebe zugeführt.« Stirnrunzelnd wende ich mich an meine Tante. »Aber erklärt das auch, warum ich all die Jahre Visionen von Gabriel hatte? Ich habe im Traum oft seine Augen gesehen, daher war er mir von Beginn an vertraut, als hätte ich ihn schon ewig gekannt.«

»Ich glaube«, sagt sie, »die Schicksalsmächte hatten dich bereits gefunden, lange bevor Gabriel dich aufgespürt hat. Das hat dich auf ihn vorbereitet, damit ihr gleich Liebe füreinander empfindet. Gabriel brauchte das als Vampir nicht, weil Bindungen bei ihnen immer stark sind, da sie nach der Erweckung alles intensiver fühlen.«

»Klingt plausibel«, sagt er, dann räuspert er sich und sieht meine Tante ernst an. »Ich weiß nicht, was du alles gesehen hast, aber ich bitte dich, nichts davon weiterzuerzählen.«

»Ich habe gar nichts gesehen«, antwortet sie lächelnd. »Du kannst dir meiner Diskretion sicher sein.« Sie klatscht in die Hände und grinst uns an. »Und jetzt werde ich euch zwei Süßen allein lassen. Ich glaube, ihr habt eine Menge nachzuholen.«

Zügig geht sie aus dem Schlafzimmer, und wir folgen ihr in die Küche, wo sie ein paar Kleidungsstücke aus ihrem Beutel holt und auf den Tisch legt. »Kann ich das alles bei dir lassen?«

Ich nicke. »Soll ich dich zur Farm fahren?«

»Nein, ich werde laufen. Das habe ich schon ewig nicht mehr getan. Sehen wir uns morgen?«

»Sicher«, antworte ich und umarme sie.

Veronica gibt mir ein Küsschen, danach umarmt sie auch Gabriel. »Pass gut auf meine Nichte auf.«

»Das werde ich.«

Ich bringe Veronica zur Tür, und Gabriel zieht sich zurück, als sie ihre Kleidung ablegt und auf der Kommode deponiert.

»Hast du noch etwas zum Anziehen dabei?«, möchte ich wissen, während ich ihren Beutel halte.

»Ich habe alles, was ich brauche.« Sie zwinkert mir noch einmal zu, und Sekunden später steht ein silberweißer Wolf vor mir. Ich streiche Veronica zum Abschied über das Fell, zeige ihr, in welcher Richtung die Farm liegt und hänge ihr den Beutel um den Hals. Anschließend spurtet sie bellend los und verschwindet im Wald.

Ich werde ihr morgen ihre restlichen Sachen vorbeibringen. Sicher fallen mir bis dahin noch einige Dinge ein, die ich sie fragen möchte.

Als ich zurück ins Schlafzimmer gehe, telefoniert Gabriel mit Mike und berichtet ihm alles, was er soeben erfahren hat.

»Ich weiß leider nicht, wo sein Schloss liegt, aber ihr solltet die Aufspürung auf eure Prioritätenliste setzen«, gibt er durch. »Wolkow ist offenbar wieder dabei, Tagwandler zu erschaffen. Wenn so einem mächtigen Vampir und Hexer dadurch noch mehr Macht verliehen wird ...«

»Ich rufe die höchste Alarmstufe aus«, sagt Mike. »Und in Zukunft werden wir sofort jedem Hinweis nachgehen, sobald irgendwo Wandler verschwinden.«

Der Fall Wolkow ist also noch nicht abgeschlossen. Immerhin hat Gabriel nun sein komplettes Leben zurück, aber wie wird er damit klarkommen?

Nachdem er das Gespräch beendet hat, lässt er sich rückwärts aufs Bett sinken und legt die Hände über den Kopf.

Ich krabble zu ihm und kuschle mich in seine Armbeuge. »Was für ein verrückter Tag.«

»Hm«, summt er. »Ich habe mich gar nicht bei deiner Tante bedankt. Doch mein Schädel platzt gleich. Es kommt mir vor, als wäre er bis zur letzten Gehirnwindung mit neuen Informationen und Erinnerungen angefüllt, dabei waren sie immer da.«

»Du kannst Veronica ja morgen danken. Wir könnten mit ihr einen Ausflug machen. In der Nähe gibt es ein Weingut, die bauen dort französische Hybridreben an. Dann hast du auch was davon.«

»Hybridreben«, raunt er, »was du alles weißt.« Lächelnd dreht er sich zu mir. »Ich mag es, wie du dir über mich und meine Bedürfnisse Gedanken machst.«

Während ich meine Nase an seiner Brust reibe, denke ich: *Ich kann spüren, welche Bedürfnisse du gerade gestillt haben möchtest.*

Sein Arm schlingt sich um meinen Rücken, und ich fühle mich geborgen. »Verrückt«, sage ich erneut. »Einfach alles total verrückt. Ich habe eine Feen-Nymphe kennengelernt, gegen Vampire gekämpft, wäre fast gestorben und bin mit einem Daywalker zusammen.« Ich lege den Kopf in den Nacken und schaue zu ihm auf. »Hast du immer noch Angst vor einer Beziehung?«

»Na ja ... gegen Vampire zu kämpfen ist tatsächlich weniger Furcht einflößend.«

Grinsend boxe ich gegen seine Schulter. Ich spüre, dass er sich auf das Abenteuer Beziehung freut. Dass er sich auf *mich* freut.

Ich schiebe mich auf ihn, sodass er wieder auf dem Rücken liegt, und schmiege mich an seine Brust. »Was, wenn ich doch die Reinkarnation von Alissa gewesen wäre?«

Zärtlich krault er meinen Nacken. »Dann hätte ich dich bestimmt lieben gelernt.«

»Nach allem, was sie dir angetan hat?«

»Na ja, du bist du ... Ich hätte dir niemals widerstehen können.«

»Wusstest du schon vorher, dass ich keine von Alissas Charakterzügen habe?«

»Ich habe es gespürt, aber dieser düstere Ort in meinem Kopf hat mich zweifeln lassen.«

»Kein Wunder, bei allem, was dir passiert ist.« Ich überlege, was geschehen wäre, falls alles anders gelaufen wäre. »Wenn ihr Vater euch nicht nach Russland geholt hätte, wärst du bestimmt noch mit ihr zusammen.«

»Sie hätte schon dafür gesorgt«, murmelt er.

»Ich glaube trotzdem, dass sie nicht so böse war, wie du denkst. Alissa hatte sich erst komplett verändert, nachdem ihr bei ihrem Vater in Russland angekommen seid. Sie war ein Opfer, genau wie du; er hatte euch beide in seiner Gewalt. Natürlich war sie auch ein Luder und sie hat dich gegen deinen Willen zum Vampir gemacht, aber sie scheint dich tatsächlich geliebt zu haben. Ansonsten hätte sie dich mit in den Tod nehmen können.«

»Vielleicht hast du recht. Oder einfach ein zu großes Herz.«

»Das gehört jetzt alles dir.« Ich will ihn gerade auf diese herrlichen Lippen küssen, als mir siedend heiß etwas einfällt, über das wir schon einmal kurz gesprochen hatten.

Mit wild klopfendem Herzen hebe ich den Kopf: »Ich bin nicht wie du, Gabriel, nicht wie Alissa. Ich werde altern. Wenn ich fünfzig bin, wirst du immer noch wie dreißig aussehen und ...«

»Keine Panik«, unterbricht er mich schmunzelnd. »Ich habe mit Mike telefoniert, während ich bei der Mine auf den Hubschrauber gewartet habe. Ich konnte mich an einen Fall erinnern, den ich vor zwanzig Jahren bearbeitet hatte. Ein Vampir lebte mit einem Menschen zusammen, einem jungen Mann, und er wurde in all den Jahrzehnten kaum älter. Mike hat für mich recherchiert, wie das möglich sein kann, und in Datenbanken interessante Informationen gefunden. Es sind mehrere Fälle von Vampir-Mensch-Beziehungen überliefert.«

»Nun spann mich doch nicht so auf die Folter!«

»Wenn du regelmäßig mein Blut zu dir nimmst, wirst du ewig jung bleiben.«

»Echt jetzt?« Ein breites Grinsen stiehlt sich auf meine Lippen. »Dann kann ich meine Schönheitscremes also wegschmeißen?«

»Chérie, die hast du sowieso nicht nötig.« Sein französischer Akzent tritt deutlicher hervor, und ihn zu hören macht mich regelrecht liebestoll. Außerdem habe ich wie immer das Gefühl, Gabriel bereits ewig zu kennen. Trotzdem springt ein kleines Männlein wild in meinem Magen umher, während wir uns zärtlich küssen und streicheln. Ich kann noch alles mit Gabriel entdecken, alles erleben, dennoch würde ich am liebsten schon jetzt alles Mögliche mit ihm ausprobieren. Die ganze Nacht lang ...

»Ich weiß, was du willst«, raunt er, und ein sexy Grollen steigt aus seiner Kehle.

Seine Fänge funkeln mir entgegen, als er den Mund öffnet, und auch meine Eckzähne haben sich verlängert.

»Was will ich denn?« Provozierend reibe ich meinen Unterleib auf seiner beginnenden Erektion.

»Wilden, animalischen Sex«, antwortet er und wirft mich von sich, sodass ich neben ihm auf dem Rücken lande.

»Ach ja?«, frage ich neckend. »Dazu musst du mich aber erst mal ausziehen.«

Knurrend stürzt er sich auf mich, und ich muss lachen, weil er mich beim Versuch, mir das Kleid über den Kopf zu ziehen, kitzelt. Er hat es bis zu meinen Brüsten hochgeschoben, und da ich weder BH noch Slip trage, liege ich so gut wie nackt vor ihm.

»Das bisschen Stoff kannst du von mir aus behalten«, raunt er, bevor er den Mund auf einen meiner Nippel senkt, der längst hart ist und sich nach Gabriels Zunge sehnt.

Stöhnend kralle ich die Finger in sein Haar und biege mich ihm entgegen. Seine leicht raue Zunge sorgt dafür, dass sich mein Nippel noch fester zusammenzieht. Er pocht und brennt, sehnt sich genauso nach Erlösung wie die feuchte Stelle zwischen meinen Beinen. Und das Schaben seiner Fänge macht mich zusätzlich an.

»Zieh dich aus, ich muss dich spüren!« Ich zerre an seinem Shirt, doch ich muss nicht lange flehen. Gabriel springt vom Bett und zieht sich in Blitzgeschwindigkeit aus.

»Bist du in allem so schnell?«, frage ich, während ich es in derselben Zeit gerade schaffe, das Kleid über den Kopf zu streifen.

Atemlos starre ich ihn an. Er ist solch ein wunderschöner Mann. Ich könnte ihn stundenlang anblicken, mir jede seiner Körperpartien einprägen. Die breiten Schultern, die Brustmuskeln, die Muskelstränge neben seinem flachen Bauch, die sich wie ein V zu seinen Leisten verjüngen. Hart ragt mir seine Erektion entgegen, und auch sie scheint perfekt, wie aus Marmor gemeißelt.

Grinsend stürzt er sich auf mich und dreht mich herum. »Ich könnte in drei Sekunden fertig sein, *chérie*, aber ich liebe es, dich zappeln zu lassen.«

Er packt mich an den Hüften und zieht mich zu sich, sodass ich auf allen vieren lande. Noch während ich einen überraschten Schrei ausstoße, vergräbt er das Gesicht zwischen meinen Pobacken. Wild züngelt er durch meinen feuchten Spalt und verharrt immer wieder an dem anderen, sternförmigen Eingang. Sanft beißt er in meinen Hintern, und nur mit Mühe kann ich meine Wölfin zurückhalten. Meine Krallen haben sich in die Matratze gegraben, meine Fänge sind ebenfalls ausgefahren.

»Nimm mich endlich!« Ich stoße ihm mein Gesäß ins Gesicht, doch Gabriel lacht nur dunkel.

Meine Klit pocht, sehnt sich nach Erlösung. Aber er gewährt sie mir nicht.

Meine Wölfin bäumt sich auf, und ich drehe mich fauchend herum. »Dein Blut hat noch einen Vorteil«, sage ich. »Es macht mich stärker.«

»Es geht nichts über einen guten Kampf im Bett«, raunt er, und ehe ich mich versehe, liege ich schon wieder unter ihm. Er schiebt ein Knie zwischen meine Schenkel, um sie auseinander-zudrücken, dann dringt er in mich ein.

Endlich! Ich öffne mich weit für ihn, heiße ihn willkommen, während er tief in mich stößt. Ich liebe das Gefühl, vollständig ausgefüllt zu sein, und mein Unterleib pocht heftig gegen den lustbringenden Eroberer.

Da greift Gabriel in mein Haar, zwingt meinen Kopf zurück und versenkt die Fänge in meinem entblößten Hals. Und während er von mir trinkt, komme ich zum Höhepunkt, einfach so, ohne Vorwarnung, ohne großes Vorspiel. Als hätte er mich im Kampf geschlagen, liege ich beinahe reglos unter ihm, während ein köstliches Beben durch meinen Körper rast. Mein Inneres krampft sich um seine Erektion, und ich sehe Sternchen, die an der Zimmerdecke explodieren.

Erst nachdem ich wieder zu mir gekommen bin, merke ich, dass er sanft in mich stößt und die Bisswunde längst versiegelt hat.

»Na, wieder anwesend?«, fragt er frech und grinst.

»Was war das?«, will ich wissen. »Wie hast du das gemacht?«

»Ich habe nichts gemacht.«

Dann fühlt es sich ab jetzt immer so fantastisch an, wenn er von mir trinkt, während er mit mir schläft?

»Es soll bei jedem weiteren Mal sogar noch intensiver wer-den«, sagt Gabriel, der schon wieder in meinem Kopf herum-schnüffelt und jeden meiner Gedankengänge verfolgt. Seltsamerweise stört es mich nicht. Ich habe ohnehin keine Geheimnisse vor ihm.

»Ich will mehr davon!« Erneut werfe ich ihn unter mich, sodass er aus mir gleitet, und möchte mir seine Erektion einführen, doch ich zögere. Alissa hat ihn genommen, als er wehrlos war. Nun ist er zwar nicht mehr wehrlos, dennoch möchte ich ihn nicht an die furchtbaren Jahre im Turmzimmer erinnern.

»Keine Sorge, *chérie* …« Entspannt bleibt er liegen. »Ich brauche eine Frau, die es mit mir aufnehmen kann. Und ab und zu möchte ich mich auch verwöhnen lassen.« Lasziv leckt er sich über den Mund, und ich kann nicht länger widerstehen. Ich treibe einen meiner scharfen Eckzähne in seine Oberlippe und sauge gierig daran. Sein Blut findet tröpfchenweise den Weg auf meine Zunge, und jede dieser roten Perlen ist ein Bouquet aus Sinnlichkeit und leidenschaftlichem Aroma. Dabei gleite ich so lange auf seinem nassen Schwanz hin und her, bis er den Weg in mich findet. Er füllt mich aus, meine Klit ist bereit für einen neuen Höhepunkt. Ich reite Gabriel genüsslich, wobei ich weiterhin sein Blut koste.

»Ich will mehr, mehr von dir«, raune ich und versenke meinen Zahn tiefer in seiner Lippe, um die Öffnung zu vergrößern.

Er knurrt auf, nachdem ich zwei richtige Schlucke von ihm getrunken habe, danach drückt er mich von sich, um die Wunde mit der Zunge zu versiegeln.

»Du bist gierig«, sagt er.

»Ja, gierig nach dir.«

Abermals rangeln wir, als würden wir tatsächlich miteinander kämpfen, als würden wir ausloten, wer der Stärkere ist, und sind in Wahrheit zwei Feinde, in Liebe vereint.

Als ich erneut unter ihm liege, wirft er den Kopf zurück und brüllt auf. Fest packt er mich an den Hüften, während er in mich stößt; und als ich spüre, wie seine Erektion in mir zuckt, versenkt er seine Fänge neben meiner Brustwarze in der Haut.

Sein Saugen, der zarte Schmerz und seine Härte in mir reißen mich erneut in einen ekstatischen Strudel. Gemeinsam reißt uns der Gipfel der Lust davon, trägt uns für Sekunden in andere Sphären und spuckt uns erschöpft, aber befriedigt, wieder aus.

»Wow, ich will noch mal«, sage ich grinsend, während ich mich neben ihm ausstrecke und gähne. »Nachdem ich ein bisschen geschlafen habe.«

Er zieht mich an seinen Körper und deckt uns zu, dann schaltet er das Nachtlicht aus, sodass Dunkelheit uns umhüllt.

Ich fühle mich so sicher und geborgen wie niemals zuvor, und ich bin unendlich glücklich. »Bitte halte mich fest, damit ich nicht davonschwebe.«

»Fest genug?«, fragt er und drückt mir fast die Luft ab, als er einen Arm um meinen Nacken schlingt.

Ich kichere. »Ein bisschen weniger fest wäre auch okay.«

Er lockert den Griff, und sofort gleite ich in einen sanften Schlummer. Doch zu viele Gedanken stören, damit ich vollends im Land der Träume ankomme. Zu vieles wühlt mich auf. Es wird noch eine Weile dauern, bis ich akzeptiert habe, dass von nun an einiges anders sein wird.

»Wir haben ein Problem«, murmele ich schlaftrunken. »Wenn wir beide ewig jung aussehen, wird das Fragen aufwerfen.«

»Dann ziehen wir um«, antwortet er leise. »Das ist der Nachteil des ewigen Lebens. Oder Vorteil, wie man es nimmt. Dafür kommt man viel herum.«

Ich werde alle, die mir etwas bedeuten, überleben. Tia, Tara, Nate … Dafür kann ich ihre Kinder aufwachsen sehen und deren Enkel und Urenkel.

Plötzlich bin ich hellwach und mein Puls klopft hart an meinem Hals. »Stell dir vor, wenn herauskommt, dass Vampirblut ewig jung hält. Dann wird die Pharmaindustrie Jagd auf dich machen!«

»Nein, so einfach funktioniert das nicht, nur bei Gefährten. Zwischen uns und unserem Blut gibt es eine besondere Bindung.«

Ja, die gibt es, und grenzenlose Erleichterung durchströmt mich. Ich bin dem Schicksal – und auch Alissa – mächtig dankbar, dass es uns zusammengeführt hat.

Nate, Zac, Caleb und Wayne sitzen bei uns im Wohnzimmer vor dem großen Fernseher, trinken Bier aus der Flasche und verfolgen gebannt ein Spiel der Vermont Harpies. Für dieses Team begeistern sich die meisten aus unserem Rudel, keine Ausstrahlung wird verpasst.

»American Football ist so brutal«, murmelt Gabriel, der auf der Couch hockt und kopfschüttelnd an seinem Weinglas nippt. »Fußball ist definitiv der ästhetischere Sport.«

»Das ist doch wohl nicht dein Ernst, Vampir.« Grinsend prostet Nate ihm vom Sessel aus zu. »Du wirst dich an unser Lieblingsteam gewöhnen müssen, schließlich hast du den größten Fernseher von uns allen.«

»Und wir haben hier Ruhe vor den Weibern.« Zac, der es sich auf dem Boden gemütlich gemacht hat, wirft mir einen flüchtigen Blick zu, während ich an der Wohnzimmertür vorbeischlendere, um mir eines von Gabriels Büchern aus dem Arbeitszimmer zu holen. Bei Cassy kann es jeden Tag so weit sein und Zac ist verdammt nervös deswegen und wollte erst nicht herkommen – doch das würde er niemals offen zugeben. Hazel ist bei ihr und wird ihn sofort anrufen, wenn es losgeht.

Da mich das Spiel nicht besonders interessiert – was es noch nie hat, obwohl einige Wandler im Team sein sollen –, werde ich mir auf der Veranda Inspektor Morels dritten Fall zu Gemüte führen:

Die Braut des Dämons.

Gabriel schreibt wirklich hervorragende Fantasy-Krimis; er hat einen angenehmen Stil, der mich tief ins Geschehen saugt, als wäre man selbst dabei. Und da er in den letzten Jahrzehnten sehr produktiv war, habe ich noch einige Bücher vor mir.

Lächelnd setze ich mich auf die Verandabank in die Sonne, lege die Beine auf einen Schemel und schlage das Buch auf meinem Schoß auf. Drinnen grölen die Männer – wahrscheinlich haben die Harpies Punkte erzielt.

Ich lese Gabriels Bücher nicht nur, weil sie spannend sind, sondern weil sie mir eine Menge über seine Einsätze verraten. Schließlich hat er darin vieles verarbeitet, das er erlebt hat. Im aktuellen Roman hat er es offenbar mit einem mächtigen Dämon aufgenommen.

Als er neben mir auf die Veranda tritt, lächle ich ihn an. »Na, hast du schon genug vom Spiel?«

Er trägt ein T-Shirt und Shorts, eigentlich ein seltener Anblick, doch seit er regelmäßig mein Blut trinkt, kann er sich noch länger in der Sonne aufhalten. Ihn unterscheidet kaum noch etwas von einem Menschen – von den Vampirkräften und der ewigen »Jugend« abgesehen.

»Ich komme mit diesen seltsamen Regeln noch nicht wirklich zurecht«, gesteht er mir schmunzelnd und setzt sich zu mir. »Aber ich glaube, die lerne ich noch.«

»Nate wird schon dafür sorgen. Erwarte ihn fortan regelmäßig«, antworte ich und lache.

Ich bin glücklich, dass sich Gabriel mit meinem Rudel gut versteht, auch wenn ab und zu noch ein Seitenhieb auf sein Vampirdasein ausgeteilt wird. Im Grunde mögen sie Gabriel jedoch alle.

»Und, wie findest du diesen Band?« Er deutet auf das Buch in meinem Schoß, weil er begierig darauf ist zu erfahren, wie mir seine Bücher gefallen.

»Ich fange gerade erst an, aber das letzte habe ich eben beendet. Es war spannend, wie immer.« Ich lehne mich an seine Schulter, um einen tiefen Zug seines unvergleichlichen Gabriel-Duftes zu nehmen. »Du hast mir nicht erzählt, dass du so ein cooler Hund warst, du Held.« Er hat ziemlich oft sein Leben aufs Spiel gesetzt, daher bin ich froh, dass er nur noch indirekt für die Organisation arbeitet und kein aktiver Agent mehr ist.

»Ach, ein bisschen was hab ich dazugedichtet. Wer will schon über das reale Leben lesen? Das ist meistens nicht so spannend.«

»Also ich kann mich diesbezüglich nicht beschweren. Ich hatte Aufregung genug.«

»Dann muss ich wohl für Entspannung sorgen«, raunt er, bevor er mich auf seinen Schoß hebt und küsst.

Mmmm, wie sehr ich diese zarten, aber leicht fordernden Küsse liebe. Mir würden seine Lippen vollkommen reichen.

Ich höre sein Lachen in meinem Kopf. *Sie würden dir niemals reichen.*

Wer sagt, dass du damit nur meinen Mund verwöhnen sollst?, erwidere ich.

Wo willst du sie denn noch haben?, fragt er neckend. *Hier?* Er küsst meine Nasenspitze. *Oder hier?* Nun ist meine Stirn dran.

Ich zeige dir wo, wenn du willst. Lasziv lasse ich mein Becken auf seinem Schoß kreisen.

Sofort nimmt sein Blick einen verträumten Ausdruck an und ich versinke in dem blassen Blau seiner Augen.

»Hey, Gabe, hast du noch irgendwo Bier?«, ruft Nate aus der Küche.

Vorbei ist der zauberhafte Moment. »Ich glaube, du wirst vermisst«, flüstere ich an seinen Lippen.

»Deine Freunde sind verdammt lästig«, knurrt er. »Ich werde mich später ausführlich mit dir beschäftigen, *chérie*.«

»Ich bitte darum«, antworte ich grinsend und und rutsche von seinem Schoß. Als er reingeht, gebe ich ihm einen Klaps auf den Po. »Dann gehört deine Zunge mir!«

Ich liebe diesen Vampir über alles.

***

Während Gabriel im Badezimmer ist, sitze ich im Bett und blättere eine Akte durch, die ich vom Revier mitgenommen habe. Er soll sie sich mal ansehen. Vor drei Jahren gab es einen ungelösten Mord an der Waterbarrow Avenue. Eine junge Frau wurde in ihrem abgesperrten Wohnwagen ohne Kopf aufgefunden. Es gab keine Hinweise, wie der Täter hinein oder hinaus gelangt war und welche Tatwaffe er benutzt hatte. Ihr Kopf wurde nie gefunden. Der Fall hat uns viele Rätsel aufgegeben.

»Wenn sich dein Alpha plus Anhang bei jedem Spiel hier einnistet, kauf ich ihm ein eigenes Kino«, sagt Gabriel, als er splitternackt ins Schlafzimmer kommt und sich rücklings neben mir aufs Bett fallen lässt. Er verschränkt die Arme hinter dem Kopf und hebt die Brauen. »Ist er eigentlich noch dein Alpha?«

»Ich gehöre jetzt zu dir, aber ich bin weiterhin im Rudel willkommen. Es ist meine Familie. Du bist mein Leben.« Ich grinse ihn an und mustere ihn ungeniert von oben bis unten. Er weiß genau, welche Wirkung er auf mich hat. »Schreibst du heute nicht an deinem Buch weiter?«

Oft sitzt er abends in seinem Arbeitszimmer, während ich ein paar Fälle studiere. Ansonsten schreibt er auch viel tagsüber, wenn ich im Dienst bin.

»Heute nicht. Wie ich sehe, hast du was für mich.« Er starrt auf meine Brüste, die ich lediglich mit einem Hauch von Nichts verpackt habe. Gabriel steht auf das durchsichtige rote Negligé.

»Ich wusste es, nur Bücher zu schreiben wird dir auf Dauer zu langweilig, wo du solch ein aufregendes Leben hattest«, sage ich augenzwinkernd und reiche ihm die Dokumente. Gemeinsam mit ihm habe ich begonnen, ungelöste Fälle neu aufzurollen. Jetzt, da ich weiß, dass es da draußen noch mehr übernatürliche Dinge gibt, eröffnen sich völlig neue Perspektiven.

»Ich kümmere mich gleich morgen darum, *chérie*«, raunt er, schmeißt den Ordner auf den Boden und rollt sich auf mich. »Zuerst muss ich mich um dich kümmern.« Er grinst mich verrucht an, wobei seine Fänge im Licht der Nachttischlampe aufblitzen.

Ich grabe meine Finger in sein feuchtes, nach Shampoo duftendes Haar und ziehe seinen Kopf heran. »Stimmt, ich hatte ein Date mit deiner Zunge.«

Langsam leckt er sich über die Unterlippe. »Und sie kann es kaum erwarten, loszulegen.«

ENDE

Info

Ihr Lieben, kennt ihr schon Beast Lovers 1? In diesem Buch werden die Geschichten von Nate und Hazel sowie Zac und seiner Gefährtin Cassy erzählt.

Würdet ihr gerne mehr über das Rudel lesen? Was, wenn ich euch sage, dass die Brüder Wayne und Caleb ein Auge auf die Zwillinge Tia und Tara geworfen haben? Doch lassen sich die wilden, freiheitsliebenden Wölfinnen so einfach zähmen?

Über das DPI habe ich schon vor vielen Monaten, noch bevor Teil 1 der Beast Lovers erschien, einen Roman geplant. Da könnte euch auch noch eine längere Story erwarten, die in New York spielen wird. Die Geheimorganisation wird sich um den Vampirfürsten Wolkow kümmern, der eine Daywalker-Armee erschaffen möchte.

Und habt ihr erraten, wer Rebecca Ravenscroft ist? Genau, sie ist Drake Ravenscrofts Tochter (aus »Der Freibeuter und die Piratenlady«). Ich liebe es, wenn andere Figuren kurze Gastauftritte haben.

Wie immer freue ich mich über euer Feedback. Ihr findet mich auf Twitter (inkaloreen), Facebook (monika.dennerlein1) oder meiner Homepage (inka-loreen-minden.de).

Bane, der Sohn des Teufels, kitzelt die frivole Seite aus Engel Ariella heraus. Nach einer Jagd quer durch München ist sie ihm mit Leib und Seele verfallen. Doch sie ahnt nicht, dass Bane sie aus einem guten Grund mit heißen SM-Spielen verführt – er muss sie opfern, um in die Fußstapfen seines Vaters zu treten!

Bane schaute sich immer wieder um. Natürlich spürte er ihre Nähe, aber es kam ihr so vor, als wollte er, dass sie ihm hinterhereilte.

Er drückte das Mädchen in einen Fotoautomaten und schloss den Vorhang. Ariella sah nur ihre Beine. Anscheinend presste er die Kleine gegen die Wand.

Ariella riss den Stoff zur Seite, worauf sich erneut Wut in ihrem Magen zusammenbraute. Die junge Frau schmolz regelrecht in seinen Armen, während Bane sie küsste. Stöhnend vergrub sie die Finger in seinem Haar. Offensichtlich stand Bane kurz davor, ihr die Seele auszusaugen!

»Pfoten weg, Dämon!« Sofort riss Ariella die Frau von ihm los. Diese machte einige taumelnde Schritte, schüttelte verwirrt den Kopf und eilte davon, zurück zu den Menschen, die tiefer hinunter zu U- und S-Bahn strömten.

Bane zwinkerte Ariella zu und steckte die Hände in die Hosentaschen. »Eifersüchtig?«

»Ständig«, erwiderte sie kühl, doch ihre Beine zitterten. Verdammt, wieso sah er so unverschämt gut aus? Gerade, als sie ihm die Leviten lesen wollte, drückte er sich an ihr vorbei und rannte die Rolltreppen hinauf.

Ariella folgte ihm auf den Fersen. So schnell entkam er ihr nicht. Sie ließ ihre Schwingen hervorbrechen und erhob sich in die Luft. Knisternd materialisierte sich ein Energiegeschoss in ihrer Hand. Es war ein grell leuchtender Blitz, den sie Bane vor die Füße schleudern wollte, um ihn zum Stehen zu zwingen. Der Blitz würde ihn verletzen, aber Dämonen regenerierten sich recht schnell. Zuverlässig ließen sie sich nur töten, wenn man ihr Kleinhirn zerstörte.

Ariella bekam keine Chance, das Geschoss abzufeuern, da sich Bane immer dort aufhielt, wo die meisten Menschen gingen. Sie verfolgte ihn über den Marienplatz in die Weinstraße, dort schlug er einen Haken und verschwand zwischen zwei Häuserreihen in der Sporerstraße, einer engen Gasse, die zu einem kleinen Platz hinter der Frauenkirche führte.

Wieso warf Bane kein Geschoss auf sie? Er hätte freie Bahn.

Alles in ihr schrie »Vorsicht!«. Ariella verharrte in der Luft.

Nicht einmal außer Atem lehnte er an dem riesigen Backsteinbau und grinste frech. Kein Dämon konnte das Gemäuer einer Kirche unbeschadet berühren, doch Bane schien keine Schmerzen zu haben.

Irgendetwas stimmte hier ganz und gar nicht.

»Da ist ja mein Vögelchen«, sagte er lächelnd, während sie in etwa drei Metern Höhe vor ihm in der Luft schwebte. Kein Mensch war zu sehen. Als würden sie diesen Ort meiden. Normalerweise saßen stets zahlreiche Gäste vor dem Café neben der Kirche, doch heute waren die Stühle leer. Unbewusst spürten sie vielleicht das Böse. Oder hielt Bane sie absichtlich fern?

»Vögelchen?« Sie schnaubte und warf ihren Blitz vor seine Füße.

Bane zuckte nicht einmal mit der Wimper. Der Kerl war sich ja ziemlich sicher, dass sie ihm nichts tun würde. Das steigerte ihren Frust. Sie würde ihm zeigen, dass so ein Papa-Bubi nicht ungeschoren davonkam!

»Mehr hast du nicht zu bieten, Vögelchen?«, fragte er in einem spottenden Ton und grinste unverschämt.

Rasend vor Wut stürzte sie auf ihn zu. Da sie ihre Landung kaum abbremste, prallte sie gegen Banes Körper. Ziegelstückchen splitterten von der Wand, und sie presste dem Dämon sämtliche Luft aus den Lungen, doch selbst das schien ihn wenig zu beeindrucken. Rasch legte er die Arme um sie, obwohl Ariella ihm den Blitz an den Hals drückte. Bane zeigte keine Angst.

Sie hätte große Lust, ihm das selbstgefällige Grinsen aus dem Gesicht zu brennen, doch seine Nähe raubte ihr den Atem. Sie konnte kaum sprechen, weil er seine Finger durch ihr Federkleid gleiten ließ. Leider fühlte sich das hervorragend an. Glühende Hitze durchströmte ihren Körper.

Dämonischer Verführer, dachte sie und ritzte mit dem Blitz seine Haut.

Über die Autorin

Inka Loreen Minden, die auch unter den Pseudonymen Bailey Minx, Lucy Palmer, Mona Hanke (Erotik), Loreen Ravenscroft (Romantasy) und Monica Davis schreibt, ist eine bekannte deutsche Autorin (homo-) erotischer Literatur. Von ihr sind bereits 40 Bücher, 9 Hörbücher und zahlreiche E-Books erschienen.

Neben einer spannenden Rahmenhandlung legt sie viel Wert auf eine niveauvolle Sprache (wobei es bei Bailey direkter zugeht) und lebendige Figuren. Explizite Erotik, gepaart mit Liebe, Leidenschaft und Romantik, ist in all ihren Storys zu finden, die an den unterschiedlichsten Schauplätzen spielen.

Sie schreibt ua für Bastei Lübbe, Rowohlt und Blanvalet.

Regelmäßig sind ihre Bücher unter den Online-Jahresbestsellern zu finden; einige Titel sind auch auf dem englischsprachigen Markt erhältlich, zum Beispiel das Jugendbuch »Daniel Taylor – Plötzlich Dämon« und die Gargoyle-Romantasy »Herzen aus Stein« (Hearts of Stone).

Mehr über die Autorin auf ihrer Homepage:

www.inka-loreen-minden.de

www.monica-davis.de